김소월을 읽다

김소월을 읽다

민족의 정서를 담아낸
노래 같은 시

전국국어교사모임 지음

머리말

우리나라에서 학창 시절을 보낸 사람이라면 시인 김소월, 아니 시 〈진달래꽃〉을 모르는 사람은 없을 것이다. 국어나 문학 교과서에 항상 실려 있던 작품이 김소월의 〈진달래꽃〉이며, 예전에도 그랬고 앞으로도 교과서가 존재하는 한 이 작품은 1순위를 차지하게 될 것이다. 그러니 지금 학생이든 이미 한참 전에 졸업한 성인이든 머릿속에는 김소월의 시를 칠판에 적고 열심히 수업하던 선생님의 모습이 떠오를지도 모르겠다. '한(恨)의 정서', '전통과 설화', '여성 화자', '일제 강점기', '민요적 율격'…… 뭐 이런 것들 말이다.

물론 이런 개념들도 시를 이해하는 데 많은 도움이 된다. 특히 그가 활동하던 1920년대의 시들은 아직 서구 시의 형식을 번안하는 수준에 머물러 있었기에 그의 민요적인 율격과 토속적인 언어 감각은 한국 근현대 시의 새로운 방향을 제시했다고 평가받는다. 즉 '우리 민족의 한을 민요적 율격으로 노래한 대표적 시인'이자 대한민국을 대표하는 최고의 시인으로 평가받기에 손색이 없는 시인인 것이다.

하지만 이런 훌륭한 말들이 과해서였을까. 우리에게 김소월의 시는 아름다움으로 다가오기 이전에 암기해야 할 개념이나 답안지에 잘 옮겨 적어야 하는 시어들로 먼저 다가와 버렸는지도 모르겠다. 그래서 여전히 어렵고 지루하고 따분한 이런 감정들이 시인의 많은 시에 덧씌워졌는지도 모르겠다.

이제는, 이 책에서만큼은 그런 생각은 잠시 내려두고 소월의 시를 함께 읽어보았으면 좋겠다. 아무 생각 없이, 천천히, 햇살과 함께 또는 캄캄한 밤 형광등 불빛 아래에서, 가장 편한 자세와 함께하면 더욱 좋다.

그러면 살며시 소월의 시가 각자의 마음속으로 다가가리라 확신한다. 하긴 뭐 어려울 일이 있겠는가? 가장 단순하게 생각하면 사랑 이야기다. 좁은 의미로 이성 간의 사랑이어도 좋고, 넓은 의미로 부모와 자식의 사랑, 친구와의 사랑, 자연과의 사랑, 조국과의 사랑이어도 좋다. 아마 결은 다르지만 우리가 다 겪었던 감정들이고 고민들일 것이다. 첫 만남의 떨림, 서로의 사랑을 조심스레 확인해 가는 설렘, 고백의 그 순간, 사랑했던 수많은 추억, 갈등과 다툼, 누군가의 입에서 나온 이별, 후회와 절망의 시간, 그리고 다시 시작되는 사랑. 소월의 시도 마찬가지다. 비록 100여 년의 시간이 흘러 나라의 이름이 다르고 문화가 다르고 삶의 질도 다르지만, 우리가 하는 사랑만큼은 변하지 않았고 앞으로도 그럴 것이다. 나의 사랑과 시인의 사랑 이야기 속에서 발견하는 어떤 접점.

이런 마음의 공통분모를 찾을 수 있지 않을까 하는 마음으로 시 20편을 골라 엮었다. 이미 많은 이들이 알고 있는 유명한 작품들, 처음 접할 수도 있는 낯선 작품들과 함께 시인의 짧지만 강렬한 삶을 함께 느껴보았으면 좋겠다. 그리고 그 안에서 시인 김소월의 매력을 찾을 수 있었으면 좋겠다. 그래서 이 20편의 시 가운데 한 편이라도 여러분의 마음 깊숙이 자리 잡고 있던 기억 속 한 장면과 함께 기억되었으면 좋겠다.

이 책은 김소월 시를 먼저 접한 선배가 김소월 시를 접할 후배에게 김소월 시를 좀 더 쉽게 만날 수 있도록 안내하는 책이다. 우리의 청소년들이, 바삐 사는 현대인들이 김소월의 시 세계를 즐겁게 여행하면 좋겠다.

권순보, 김형훈

차례

머리말 4

일러두기

1. 김소월 시의 원본은 《김소월 시 전집》(권영민 엮음. 문학사상)을 참고하였습니다.

2. 원본 중 한자는 모두 한글로 바꾸었습니다.

3. 현대어로 바꾼 것은 《김소월 시 전집》(권영민 엮음. 문학사상)을 참고하였고, 더 바꿀 필요가 있는 것들은 선생님들과 협의하여 가장 적절한 것으로 선택하여 바꾸었습니다.

4. 원문을 현대어 표기법에 맞게 맞춤법과 띄어쓰기 등을 바꾸었고, 원문의 뉘앙스를 살려야 할 필요가 있는 시어들은 그대로 살려두고 각주를 달아 설명하였습니다.

5. 마침표나 쉼표 등은 꼭 필요한 경우가 아니면 원문과 같게 표시하였습니다.

6. 작품의 배치 순서는 작품 발표일을 기준으로 하였습니다.

김소월의

삶과

작품

세계

김소월의 삶

• 김소월의 삶은 박일환의 《진달래꽃에 갇힌 김소월 구하기》(한티재, 2018), 이지훈 외의 《현대시 감상》(지학사, 2007), 장석주의 《나는 문학이다》(나무이야기, 2009), 정희성의 《김소월 시에 투영된 비극적 삶의 인식》(동국대 석사논문, 1995)을 참고했다.

소산에 뜬 달

김소월의 본명은 김정식이다. 김소월은 1902년 9월 7일(음력 8월 6일) 평안북도 구성군 서산면 왕인동의 외가에서 아버지 김성도와 어머니 장경숙 사이에서 장남으로 태어났다. 그 후 본가인 정주군 곽산면 남산리(남단동)로 옮겨 그곳에서 유년 시절을 보낸다. 그의 고향인 남단리는 지형적으로 아주 특이한 마을이었다. 북쪽으로는 능한산이 우뚝 솟아 있고, 그 줄기 남쪽에 이 마을이 위치해 있었으며, 동네 남쪽으로는 바닷가와 넓은 평야가 펼쳐져 있었다고 한다. 이러한 자연환경은 시인의 성격이나 정서에 많은 영향을 주었을 것이다.

우리 집 뒷산에는 풀이 푸르고
숲 사이의 시냇물 모래바닥은
파알한 풀 그림자 떠서 흘러요

– 〈풀 따기〉에서

소년 시절의 추억을 담고 있는 〈풀 따기〉에는 시인의 티 없이 맑고 고운 마음이 담겨 있으며, 이는 시인이 경험한 어린 시절의 자연환경으로부터 온 것이다. 그리고 이런 유년 시절의 자연환경은 훗날 시인의 마음속에서 언제나 동경하는 이상적인 공간으로 자리 잡는다.

소월의 어린 시절은 경제적으로는 비교적 부유했던 것으로 보인다. 할아버지는 광산업을 크게 하고 있었으며, 공주 김씨 가문의 장손으로서 14칸의 큰 기와집에서 집안의 큰 기대를 받으며 자랐다고 알려져 있다. 언제부터 '소월'이라는 필명을 사용했는지 정확한 기록은 없지만, 그는 본명인 '정식'보다 '소월(素月)'이라는 호로 더 유명했다. '소월'은 '소산에 뜬 달'이라는 뜻이다. 그의 고향 마을에는 소산(素山)이라는 산이 있었는데, 그 위로 뜨는 달이 유달리 하얗고 밝아서 이 달을 좋아했기 때문에 '소월'이라는 호를 지었다고 한다.

유년 시절의 한(恨)

소월이 세 살이 되던 1904년에 소월의 가족들이 외가에 나들이 갔다가 소월의 아버지가 정주에서 곽산의 철도를 가설하던 일본 공사장 인부들에게 폭행을 당해 의식불명이 되었다. 이후 깨어나긴 했지만 정신이상자가 되어버렸다. 이 때문에 소월의 가족은 광산을 경영하는 할아버지의 집으로 이사하게 되었으며, 소월은 정신병을 앓는 아버지를 피해 홀로 산에 올라가 많은 시간을 보냈다고 한다. 특히 '정신이상자의 아들'이라는 꼬리표는 소월에게 많은 열등감을 심어주었으며, 피해를 가한 일본인들에게 적대감을 갖게 했다. 당시 일제의 잔혹한 수탈과 핍박이라는 시대적 아픔과 함께 소월에게는 직간접적으로 부친의 병이 가슴에 한을 품게 했을 것이다. 식민지 백성으로 태어난 것과 아무것도 하지 않고 혼자 구석진 곳에서 무언가를 소리 없이 중얼거리는 폐인 아버지는 소월의 운명이 품어 안은 원초의 어둠이었다. 소월의 비사교적인 성격과 폐쇄적인 내향성은 그 어둠에서 비롯된 것으로 보인다.

숙모와 설화

소월의 성장에 많은 영향을 끼친 사람들 가운데 숙모였던 '계희영'이라는 사람이 있다. 그녀는 소월이 네 살 때 시집을 와서 소월의 옆집에서 무려 19년을 같이 살았다고 한다. 숙모의 친정이 그 지방에서는 남부럽지 않은 부자여서 신학문에도 일찍 눈을 떠 아버지로부터 언문을 깨우쳤다고 한다. 그녀는 그 덕으로 많은 고전소설과 설화를 탐독할 수 있었으며, 그 때문에 소월은 틈만 나면 숙모에게 달려가 옛날이야기를 들려달라고 졸랐다고 한다. 혼인한 직후부터 숙부가 고향을 등지고 외지를 떠도는 바람에 소박맞은 것처럼 혼자가 된 숙모는 틈날 때마다 찰싹 달라붙는 소월에게 〈심청전〉, 〈장화홍련전〉, 〈춘향전〉, 〈옥루몽〉, 〈삼국지〉 등의 이야기를 들려준다. 비범한 기억력과 관찰력을 가졌던 소월은 이것들을 다 기억하고 다른 사람들에게 구술하는 데도 재간을 보였다고 한다. 숙모가 틈틈이 이야기해 준 고전소설과 설화들은 소년의 상상력을 자극하고 문학 세계 형성에 깊은 영향을 주었을 것이다. 숙모와 소월의 관계는 소월이 오산학교에 진학할 때까지 계속되었다.

훗날 숙모는 소월의 시 〈접동새〉, 〈물마름〉 등이 자신이 들려준 설화를 소재로 쓰인 것이라고 말했다. 특히 〈물마름〉은 전반부에서는 남이 장군을, 후반부에서는 홍경래를 등장시켜 "한(恨)과 모욕을 / 못 이겨 칼을 잡고 일어섰다가 / 인력(人力)의 다함에서 쓰러진" 두 영웅의 비운을 다루고 있다.

> 그곳이 어디더냐 남이 장군이
> 말 먹여 물 찌웠던 푸른 강물이
> 지금에 다시 흘러 둑을 넘치는
> 천백 리 두만강이 예서 백십 리
>
> – 〈물마름〉에서

오산학교와 배재학교

김소월은 14세가 되던 1915년, 고향에서 다니던 남산소학교를 마치고 민족적 자긍심이 강했던 오산학교 중학부에 입학했다. 여기에서 그의 평생의 스승이었던 안서 김억과 사제 관계를 맺게 된다. 1919년 3·1운동으로 오산학교가 불탐으로써 학교를 쉬게 되었지만, 스승인 김억의 도움으로 본격적으로 시를 창작하게 된다. 문예지 《창조》 동인이었던 김억의 소개로 1920년 3월 《창조》에 〈낭인의 봄〉 등 다섯 편의 시를 발표하면서 등단한다.

휘둘린 산을 넘고,
구비진 물을 건너,
푸른 풀 붉은 꽃에
길 걷기 시름이어,

- 〈낭인의 봄〉에서

이 시는 봄날의 아름다운 자연을 배경으로 낭인(떠돌이 나그네)의 쓸쓸한 심정을 노래하고 있다. 자연을 노래하면서도 대상으로서의 자연을 그려내기보다는 개인의 정서 속으로 자연을 끌어들여 그 정서를 바탕으로 자연을 노래하는 소월 시의 특징을 잘 드러내는 작품으로 평가받는다.

1920년 7월 김억의 추천을 받아 《학생계》를 통해 〈먼 후일〉을 발표했으며(1922년 《개벽》 8월호에 〈먼 훗날〉로 제목을 고쳐 실음), 1922년 7월에 그의 대표 시인 〈진달래꽃〉을 잡지 《개벽》에 발표했다. 또

한 1922년에 배재고등보통학교에 5학년에 편입하여 그 이듬해 3월에 우수한 성적으로 졸업하게 된다.

졸업 후 고향에 돌아와 평북 정주군 임포면의 한 사립학교에서 교원으로 잠시 근무하면서 시 창작에 정진한다. 사립학교 교원으로서의 생활은 창작이나 집안 살림에는 큰 도움이 되지 못했으며, 집안이 날로 피폐해짐에 따라 처가의 도움으로 일본 도쿄로 건너가 도쿄상과대학 예과에 입학하게 된다. 하지만 학자금이 제대로 조달되지도 않았고, 상과(商科)에 취미도 없어 괴로운 학창 시절을 보냈을 것이다. 그런 와중에 관동대지진이 일어나 김소월은 짧은 유학 생활을 청산하고 돌아온다. 이때 서울에 머물며 김억과 함께 이리저리 직장을 구하고 활동 무대를 찾았으나 여의치 않자 소월은 고향으로 간다.

소월의 아내 홍단실, 그리고 여인들

소월은 오산학교 2학년에 재학 중이던 1916년에 조부의 강권으로 벽초 홍명희의 딸인 단실과 결혼한다. 아내의 본래 이름은 홍상일이었으나 소월은 남자 이름 같으니 여성스러운 이름으로 바꾸자며 직접 '홍단실(洪丹實)'이라는 새 이름을 지어주었다고 한다. 처음에 소월은 아내의 외모가 실망스러웠으나 심성이 착하고 도덕적 규범이 엄격하여 비교적 무난하게 결혼 생활을 유지했다고 한다.

집에 있을 때는 항상 같이 붙어 있으려 했고, 자신이 공부하러 집을 떠날 때면 아내를 친정으로 보내어 집안 어른들의 따가운 눈총을 받았지만, 소월은 아내를 감쌌다고 전해진다.

오오 아내여, 나의 사랑!
하늘이 묶어준 짝이라고
믿고 살음이 마땅치 아니한가.
아직 다시 그러랴, 안 그러랴?
(중략)
나는 말하려노라, 아무러나,
죽어서도 한곳에 묻히더라.

- 〈부부〉에서

소월은 부부의 연은 하늘이 맺어준 것이라 생각했던 것 같다. 그런 인연을 저버리는 것은 있을 수 없는 일이며, 죽어서도 한곳에 묻혀야 한다고 생각했다.

《소월 정전》에는 김소월이 오산학교에서 같이 수업을 받던 '오순'이라는 세 살 연상의 여성과 교제를 했다는 내용이 나온다. 그녀와의 이별, 원치 않은 결혼, 비극적인 운명을 맞이한 그녀를 소재로 〈접동새〉, 〈초혼〉 등을 지었다는 이야기도 담겨 있다. 하지만 소월의 숙모였던 계희영의 진술은 이와 상반된다. 현재로서는 그 진위 여부를 확인할 길이 없다.

소월의 시에는 그리움과 외로움에 사무쳐 못내 슬퍼하고 눈물 흘리는 수많은 여성 화자가 등장한다. 이는 실제로 그가 주위에 있었던 여인들의 삶에서 영향을 받았기 때문일 것이다. 일찍이 정신질환자가 된 남편을 두고 평생을 그 고통 속에서 살아야 했던 소월의 어머니, 긴 세월 외지로만 떠돌아다닌 남편 때문에 어쩔 수 없이 독신 생활을 감수해야 했던 숙모 계희영, 남편의 좌절과 절망 앞에서 속수무책인 채로 애만 태우던 소월의 부인. 이 모두가 소월의 삶에 큰 영향을 준 여인들이다. 그들과 함께한 삶만큼 그들에 대한 연민과 형상화는 어쩌면 자연스러운 것인지도 모르겠다.

단 한 권의 시집

소월은 잠시 《영대(靈臺)》 동인으로 활동하다가 1925년에 그의 생전 유일한 시집인 《진달래꽃》을 펴낸다. 이때 발표된 시편들은 그가 오산학교에 다니던 시절, 즉 그의 나이 불과 17~18세에 쓰인 것들이다. 하지만 시들에 나타난 민요의 가락, 한과 슬픔의 정조, 설화 등을 바탕으로 우리 고유의 언어와 정서를 빚어내어 문단에 신선한 충격을 던져주었다. 특히 당시 문단은 카프(KAPF) 같은 문학 단체를 중심으로 정치성 짙은 문학 운동이 일어나던 때였는데, 김소월은 이와 다르게 우리 민족 고유의 정서와 언어로 자신만의 색채를 표현하면서 문단의 주목을 받는다. 그의 시를 가리켜 '민요적 리듬과 부드러운 시골 정조 외에는 보잘것없다.'라는 평가도 있었지만, 그는 서구 사조의 모방이나 유행에 휩쓸리지 않고 자신의 색채와 목소리를 시에 담아냈다.

엄마야 누나야 강변 살자.
뜰에는 반짝이는 금모래빛,
뒷문 밖에는 갈잎의 노래
엄마야 누나야 강변 살자.

- 〈엄마야 누나야〉

어린아이들이 사용할 법한 호칭인 '엄마야 누나야'라는 표현과 3음보 리듬을 사용하여 자연에 대한 동경을 소박하고 순수한 느낌으로 부른 노래이다. 순수의 세계, 동심의 세계, 자연의 세계를 떠나지 않겠다는 희망과 평화와 행복을 보장해 주는 안식처를 추구하는 이상향에 대한 동경을 드러내고 있다.

이 외에도 〈님의 노래〉, 〈예전에 미처 몰랐어요〉, 〈자나 깨나 앉으나 서나〉, 〈해가 산마루에 저물어도〉, 〈개여울〉, 〈나의 집〉 등을 통해 어떤 서구의 사조도 흉내 낼 수 없는 우리 민족 고유의 사랑 표현 방식을 보여준다. 그리고 이 시들은 일제강점기와 한국전쟁 등으로 끊임없이 상실의 아픔을 겪게 되는 우리 민족사 전반에 걸쳐 폭넓은 공감대를 형성하며 먼 훗날까지 많은 이들에게 애창된다.

그는 임과의 사랑, 이별, 한(恨) 등을 향토적·민요적 언어와 율격에 담아 표현해 낸다. 특히 그의 작품 경향은 우리의 전통적인 시가인 〈정읍사〉, 〈가시리〉, 시조와 가사 작품들의 맥을 잇고 있다. 소월이 그의 시에서 즐겨 노래하는 대상은 '가신 임'이거나 '떠나온 고향'이다. 모두가 현실 속에서는 존재하지 않고, 임과 고향을 그리워하는 그의 심정은 어떤 면에서는 뒤로 물러나서 망설이고만 있는 모습을 보여준다는 평가도 있다. 하지만 다시 만날 수 없고, 다시 찾을 수 없는 그곳에 대한 그리움을 끈질기게 추구하고 있다는 점에서 오히려 낭만적이라는 평가를 받기도 한다.

소월의 시가 보여주는 정한의 세계가 좌절과 절망에 빠진 식민지 현실에서 비롯된 것임을 생각한다면, 그 비극적인 상황 인식 자체를 현실을 거부하는 의미로도 받아들일 수 있을 것이다. 특히 1924년 이후에 발표한 〈나무리벌 노래〉 외에 연대 미상의 작품 〈봄〉, 〈남의 나라 땅〉, 〈전망〉, 〈서도여운 - 옷과 밥과 자유〉 등의 시편을 보면 민족적 저항의식이 은근히 깔려 있음을 발견할 수 있다. 이 중 가장 눈길을 끄는 작품으로는 빼앗긴 땅에 대한 회복을 염원하는 〈바라건대 우리에게 우리의 보습 대일 땅이 있었더면〉이라는 작품이다. 이 시는 절망적인 현실을 인식하면서도 미래 지향적인 의지를 드러냈으며, 강렬한 역사의식과 현실 극복의 의지를 보여주고 있다.

1924년 소월은 가산을 정리하고 처가인 구성군으로 이사를 한다. 그리고 2년 후 남시(南市)로 나와 동아일보 지국을 경영한다. 혼자서 신문을 배포하고, 수금·경영을 모두 책임지고 운영을 해보지만, 사업 수완이 없고 세속적인 처세에 서툴렀던 그는 곧 파산하고 만다. 생계를 위해 어울리지 않게 고리대금업에도 손을 대보지만 그마저도 이내 실패한다. 설상가상으로 이 무렵 소월은 일본 관헌의 요시찰 대상으로 지목되어 간간이 괴롭힘과 모욕을 당하게 된다. 심지어 그의 작품들마저 일본 경찰에 빼앗기는 일이 벌어지자 문학과 삶에 대한 일체의 애착을 놓아버리고 술에 기대 세월을 보냈다. 이는 신지식을 익혀 무엇인가 해보려고 했지만 현실적으로 일제의 강압과 불합리한 제도로 인해 실패와 좌절을 겪어야만 했던 당시 지식인들의 모습과 다르지 않은 것이었다.

그는 결국 이상과 꿈에 대한 좌절과 식민지 지식인으로서 허무함에 적응하지 못하고 현실과 세속적 삶에 대한 절망감에 빠져 술로 세월을 보낸다. 그러다가 문학도, 생활도, 삶에 대한 일체의 애착마저도 놓아버린 채 1934년 12월 23일 32세의 나이로 세상을 떠나고 말았다.

제가 구성(龜城) 와서 명년이면 10년이옵니다. 10년도 이럭저럭 짧은 세월이 아닌 모양입니다. 산촌 와서 10년 동안에 산천은 별로 변함이 없어 보여도 인사는 아주 글러진 듯하옵니다. 세기는 저를 버리고 혼자 앞서서 달아난 것 같사옵니다. 독서도 아니 하고 습작도 아니 하고 사업도 아니 하고 그저 다시 잡기 힘드는 돈만 좀 놓아 보낸 모양이옵니다. 인제는 또 돈이 없으니 무엇을 하여야 좋겠느냐 하옵니다.

(소월이 김억에게 보낸 편지 중에서)

그가 죽기 얼마 전 김억에게 보낸 편지를 보면 당시 그가 느꼈던 절망과 좌절감, 삶에 대한 허무를 느낄 수 있다. 그의 죽음의 원인에 대해서는 여러 가지 설이 있으나 확증은 없다. 당시 신문에는 뇌출혈로 사망했다는 기사가 나왔고, 소월의 스승 김억도 그 무렵 소월의 몸이 뚱뚱하게 불어난 것을 근거로 뇌출혈 사망설에 동조했다. 하지만 김소월의 돌연사 원인에 대해 학계가 제기한 유력한 추정은 '다량의 아편을 먹고 자살했다'는 것이다. 그가 왜 중독성이 강한 아편을 시작했는지에 대해서는 알려진 바가 없지만 "김소월이 생전에 심한 관절염에 시달리고 있었고, 고통이 극심해질 때면 통증을 잊고자 아편을 조금씩 복용했다."라는 증언이 있어 관절염 때문에 아편을 먹은 것으로 추정하고 있다.

소월의 시가 갖는 매력과 아름다움은 시간을 초월한다. 1980년대 전체 가곡의 20%가 김소월의 시로 만들어진 것이라는 통계도 있으며, 오늘날도 소월의 시가 대중가요로 많이 불리고 있다. 정미조의 〈개여울〉, 홍민의 〈부모〉, 장은숙의 〈못 잊어〉, 건아들의 〈예전엔 미처 몰랐어요〉, 활주로의 〈나는 세상 모르고 살았노라〉, 인순이의 〈실버들〉, 마야의 〈진달래꽃〉 등이 소월의 시에 곡을 붙인 노래들이다. 소월의 시편들은 민요적 율조와 더불어서 민중의 애환과 정서를 쉬운 우리말로 그려냈기 때문에 우리 민족 모두의 공감대를 형성하기에 부족함이 없다.

김소월과 김억

김소월의 삶과 작품 세계에 영향을 준 사람은 여럿 있다. 어린 시절 소월에게 옛이야기를 들려주며 정서적 안정을 갖게 해준 숙모 계희영, 오산학교 교장으로 민족의식을 심어준 조만식 선생, 같은 문인으로서 많은 영향을 주고받았던 소설가 나도향, 오산학교에서 소월을 가르치고 시의 스승까지 되어준 김억 등이 대표적이다. 그중에서도 시인 김소월을 만드는 데 가장 중요한 역할을 사람은 김억일 것이다.

안서 김억

시인 김억(1896~?)은 평안북도 정주 출생이다. 김희권이라는 이름을 썼으나 후에 김억으로 개명했고, '안서(岸曙)'라는 호를 사용했다. 1913년 오산학교를 졸업하고 일본 게이오의숙 문과에 진학했다가, 1916년 아버지의 갑작스러운 죽음으로 학업을 중단하고 귀국한다. 이후 오산학교 교사로 부임하여 재직하면서 본격적인 작품 활동을 시작했다.

그는 한국 초기 시단을 이끌어간 대표적인 시인으로 평가받는다. 《창조》와 《폐허》의 동인으로 활발히 활동하면서 광복 전까지 20여 권의 시집을 발간했으며, 그중 《오뇌의 무도》(1921), 《해파리의 노래》(1923)는 한국 문학의 흐름에서 중요한 시집으로 평가받고 있다.

《오뇌의 무도》는 한국 최초의 서구시 번역 시집이다. 베를렌(Verlaine), 구르몽(Gourmont), 보들레르(Baudelaire), 예이츠(Yeats) 등 주로 프랑스 상징파 시인들의 시 85편을 번역하여 수록했다. 이 시집은 근대시라고 부를 만한 모범적인 형식이 존재하지 않았던 우리 초기 시단에 근대시의 기본형을 잡아주는 데 크게 기여했다. 감상적이고 애상적인 시들이 많다는 부정적인 평가도 있으나 특유의 서정적인 표현이나 섬세한 리듬은 높은 평가를 받고 있다.

《해파리의 노래》는 근대 최초의 개인 시집으로 총 83편의 시를 수록했다. 모든 시가 자유시의 형태로 쓰였으며, 이별의 한이나 슬픔과 같은 내용이 주를 이루고 있다. 이 시집이 발표되기 전까지는 자유시라고 부를 만한 것이 제대로 존재하지 않았고, 시조처럼 정형시의 형태들이 대부분이었기 때문에 이후 시인들의 자유시 창작에 큰 영향을 준 시집으로 알려져 있다. 비록 지나치게 주관적인 표현들을 사용한 점이나 감정의 표현이 과하다는 점 등

지금의 기준으로는 부족한 부분도 있으나, 자유시의 첫 삽을 뜬 시집이라는 것만으로도 그 의미는 충분할 것이다.

이렇게 김억은 1920년대의 한국 문학에 중요한 역할을 했지만, 이후의 행보는 그리 훌륭하지 못하다. 1937년 5월 조선총독부가 주도한 '조선문예회'에 참여하여 친일의 내용을 담은 다수의 시를 발표하는 등 일제를 향한 노골적인 찬양의 모습을 보여주었기 때문이다. 그렇다고 해서 그가 앞서 다져놓은 의미 있는 일들이 사라지는 것은 아니지만, 우리나라의 독립을 위해 목숨까지 바친 의인들과 비교한다면 그의 삶 전반에 대한 평가를 다시 한번 생각해 볼 일이다.

광복 이후 그는 육군사관학교와 항공사관학교의 강사로 활동했으며, 1950년 한국전쟁 도중에 납북되었다. 1956년 재북평화통일촉진협의회 중앙위원으로 임명되었다가 평안북도 철산의 협동농장으로 강제 이주되었고, 그 이후의 행적에 대해서는 알려진 바가 없다.

스승과 제자

소월은 1915년 오산학교에 입학한다. 우리의 민족정신에 대한 교육을 강조했던 이 학교에 다닌 것만으로도 당시에는 큰 행운일 수 있겠지만 소월은 그곳에서 더 큰 행운을 만나게 된다. 마침 그 학교에는 김억이 교사로 학생들을 가르치고 있었고, 그는 소월의 문학적 재능을 발견하게 된다. 아마도 김억은 소월에게 많은 문학 이론과 시 창작에 관한 방법을 가르쳤을 것이고, 소월은 그것을 차곡차곡 습득해 가지 않았을까?

그렇게 소월은 시인으로서의 기반을 다져갈 수 있었다. 그리고 김억은 소월이 문단에 데뷔할 수 있게 도와주었다. 김억은 소월의 〈그리워〉, 〈낭인의 봄〉, 〈야(夜)의 우적(雨適)〉, 〈오과(午過)의 읍(泣)〉, 〈춘강(春崗)〉 이렇게 5편의 시를 추천하여 《창조》 5호에 게재되었다. 이로써 소월의 시가 세상에 처음 알려지게 된다. 이후 소월은 자신의 시의 영역을 꾸준히 넓혀가기 시작했다. 특히 1922년에서 1924년 사이에 왕성한 시작 활동을 한다. 이 시기 역시 김억이 물심양면으로 소월을 살폈던 것 같다. 소월의 작품들이 그의 손에 의해 발표되었으며, 특히 소월의 유일한 시집인 《진달래꽃》(1925)을 자비로 출판해 주기도 했다. 김억이 소월을 어떻게 생각했는지 잠깐 살펴보자.

나이가 불과 17, 18이라고 하면 아직도 세상을 모르고 덤빌 것이어늘, 이 시인은 혼자 고요히 자기의 내면생활을 들여다보면서 시작(詩作)에 해가 가고 날이 저무는 것을 모르고 삼매경에 지냈으니, 조숙(早熟)이라도 대단한 조숙이외다.

김억이 1939년 12월에 펴낸 김소월의 시선집 《소월시초》에서 소월에 대해 묘사한 부분이다. 스승으로서 바라보는 소월의 모습은 참 대견스러웠던 것 같다. 소월의 창작 활동과 그 과정까지 상세히 지켜본 사람만이 할 수 있는 평가의 말이기에, 만약 소월이 살아서 직접 이 말을 전해 들었다면 뭉클함을 느끼지 않았을까 싶다. 이처럼 김억과 소월은 보통 스승과 제자 사이보다 훨씬 더 끈끈했다. 그래서인지 둘 사이에서는 재미있는 풍경들이 보이곤 했다고 한다.

사실 김억은 그 당시에 동료 문인들에게 '시 땜장이'라고 불리기도 했다고 한다. 후배나 제자들이 시를 가지고 오면 시를 많이 고쳐주어서 이런 호칭이 붙었다는 것이다. 스스로도 시는 고칠수록 빛나고 갈고닦을수록 시의 때가 벗겨진다고 했다고 하니, 그의 시에 대한 가치관을 엿볼 수 있는 지점이다.

이러니 그의 애제자이기도 한 소월의 시 역시 김억의 손을 거치지 않았을까? 김억이 소월의 시를 《창조》, 《학생계》, 《개벽》 등에 추천하려고 할 때 소월의 창작 노트를 가지고 그 안에서 직접 작품을 골랐을 가능성도 있다고 하니, 첨삭이나 교정이 이루어지는 것은 자연스러운 일이었을지도 모르겠다. 다른 에피소드도 한번 살펴보자.

안서 선생은 소월이 보내온 그의 작품에다가 마구 가필을 하는 것이 아닌가. 물론 선생 마음에 드시지 않아서였겠으나 나로 보면 그저 놀랍기만 한 일이었다. 이렇게 가필을 해도 괜찮은 것일까.

　의아한 눈으로 보고 있는 내 앞에서 선생은 고치고 또 고치셨다. 그러면서 "시는 퇴고를 거듭할수록 좋다"고 말하시는 것이었다.

　선생의 손이 갈 만큼 간 소월의 시는 그 뒤 선생을 통해서 어딘가로 발표되었겠지만, 이렇게 많이 손질한 그 작품들을 놓고 소월의 것이라 해서 좋을지 어떨지는 지금 생각해도 의문스럽다.

시인 장만영(1914~1975)이 《신천지》 1954년 1월호에 쓴 〈안서 김억 선생 - 새해에 생각나는 사람들〉이라는 수필 중 일부분이다. 물론 지금 우리의 시선으로 바라보면 조금 이상하게 생각될 법도 하다. 내가 쓴 시를 다른 사람이 일부분이라도 고쳤으면 그것은 누구의 작품이 되는 것일까? 나의 작품인가 아니면 그 사람의 작품인가, 아니면 공동 작품인가? 실제 소월의 시 〈못 잊어〉의 경우 시가 발표된 시기보다 앞서 김억이 쓴 편지에서 유사한 내용의 시가 발견되어 작가가 누구냐는 논란이 있다.

　다만 둘 사이에서 이런 진실의 여부를 따지는 것이 얼마나 큰 의미가 있을까 싶긴 하다. 지금처럼 저작권에 대한 인식이 뚜렷했을 시기도 아니었고, 김억과 소월의 관계 역시 특수성이 있다고 봐야 할 것이다.

　아마 김억은 학생 시절의 소월을 가르치면서 시를 수정하거나 방향성에 대해 조언하는 일이 꽤 많았을 것이다. 거꾸로 소월이 직접 자신의 시를 들고 가서 조언을 구하는 일도 다반사이지 않았을까? 스승과 제자 사이에서는 당연한 일이었을 것이다. 이런 과정이 반복되다 보면 의식적으로나 무의식적으로나 두 사람 각자의 작품에 영향을 미치는 것은 당연한 일이고, 이런 과정이 좀 더 좋은 작품을 만들어낼 수 있다는 생각도 할 수 있지 않았을까? 어쨌든 이런 과정이 자신들의 욕심이나 이득을 위해서라기보다는 순수하게 제자를 사랑한 스승의 마음이 반영된 결과라고 보는 것이 좋을 것 같다.

실제로 김억은 소월의 사망 소식을 접하고 그의 장례식 비용까지 전부 내주었다고 한다. 또한 그의 유고 시들을 모아 잡지에 발표하고, 1939년에 《소월시초》를, 1948년에 《소월민요집》을 발간하는 등 소월의 작품들이 잊히지 않도록 하는 데 큰 공헌을 했다. 김억이 소월을 제자로서 아끼고 사랑했던 마음만큼은 어떤 누구도 비난할 수 없을 듯하다.

시인 대 시인

'청출어람(靑出於藍) 청어람(靑於藍)'이라는 말이 있다. '푸른색은 남색에서 나왔지만 남색보다 더 푸르다.'라는 뜻이다. 본래는 학문은 그쳐서는 안 된다는 의미로 사용했으나, 제자가 스승보다 더 나음을 비유하는 고사성어로 사용되고 있다. 김억과 소월의 관계에 이 고사성어가 잘 들어맞을 것 같다. 김억을 스승으로 모시고 공부하던 10대 소년이 이제는 한국 문학에서 빼놓고는 이야기할 수 없는 유명한 시인이 되었으니 말이다. 물론 시인의 가치나 우열을 평가한다는 것은 말도 안 되는 이야기다. 100점 만점의 객관식 시험문제를 푸는 일은 아니니 말이다. 그래서 어느 시점에 소월이 김억을 뛰어넘었다거나 스승에게 한 사람의 시인으로 인정받고 싶어 했다는 이야기를 하려는 것이 아니다. 앞에서 설명한 것처럼 둘 사이는 우리가 생각했던 것보다 더 끈끈했다고 보는 것이 좋을 것이다.

그러나 이런 두 사람도 시에 대한 견해의 차이로 의견을 달리한 적이 있다. 김소월이 1925년 5월 《개벽》 제59호에 발표한 〈시혼(詩魂)〉이 바로 그것이다. 이는 김소월이 자신의 시론에 대해서 발표한 유일한 내용으로, 그의 창작 태도나 시에 담겨 있는 의식 등을 살펴볼 수 있는 중요한 자료이다. 둘 사이에 무슨 일이 있었을까?

그 시작은 김억이 1923년 12월 《개벽》에 발표한 〈시단의 일년〉에서 소월의 시를 비평한 일이다. 그는 소월의 시에 대해서 "시혼과 그 자신이 내부적 깊이를 가지지 못한 것이 유감입니다." 라고 평가한다. 시혼이란 작품마다 빛나는 것이 아니며, 문자로 표현된 것과는 달리 작품이 담고 있는 시인의 내부적 깊이에 해당한다고 말하면서 소월의 시를 예로 든다. 소월의 〈님의 노래〉는 리듬과 기교는 있으나 시혼이 얕다고 평가하고, 이와 달리 〈자나 깨나 앉으나 서나〉는 시혼과 리듬과 시상이 보조를 같이하는 아름다운 시라고 평가한 것이다.

이 평가를 본 소월이 당시 무슨 생각을 했는지는 알 수 없다. 다만 1년이 조금 더 지난 뒤 소월은 〈시혼〉을 발표하면서 시에 대한 자신의 관점을 분명히 한다. 아마 스승의 의견에 어떤 평을 남긴다는 것에 많은 고민을 했던 것 같다. 아니면 즉각적인 의견 표명은 예의에 어긋난다고 생각했는지도 모르겠다. 이유야 어떻든 소월은 김억의 평가에 반대의 의견을 낸다.

여기(김억이 소월의 시를 평가한 내용)에 대하여, 나는 첫째로 같은 한 사람의 시혼(詩魂) 자체가 같은 한 사람의 시작(詩作)에서 금시에 얕아졌다 깊어졌다 할 수 없다는 것과, 또는 시작마다 새로이 별다른 시혼이 생기는 것이 아니라는 것을, 좀 더 분명히 하기 위하여, 누구의 것보다도 자신이 잘 알 수 있는 자기의 시작에 대한, 씨(김억)의 비평 일절을 일 년 세월이 지난 지금에 비로소 다시 끌어내어다 쓰는 것이며, 둘째로는 두 개의 졸작이 모두 다, 그에 나타난 음영(陰影)의 점에 있어서도, 역시 각개 특유의 미를 가지고 있다고 하려 함입니다.

내용이 좀 어려울 수는 있으나, 핵심은 한 시인에게 시혼이라는 것은 고유한 것이라서 바뀔 수 없다는 것이다. 스승의 평가대로 얕아졌다 깊어졌다 할 수 없다는 것이다. 물론 소월의 의견 역시 개인의 생각이므로 누구의 답이 옳은지는 별 의미가 없다. 시인 각자가 자신만의 생각을 가지는 것이 어찌 보면 당연한 일이기도 하니 말이다. 다만 소월이 김억에게, 제자가 스승에게 자신의 시론에 대해 당당히 피력했다는 것이 중요하다. 가르침을 받던 제자의 입장에서 이제 '시인 대 시인'으로서 논쟁을 할 수 있는 사이가 되었다는 것이 아닐까?

소월은 또 '음영(陰影)'에 대한 의미를 설명한다.

달밤에는 달밤에 맞는 고유한 음영이 있고, 청려(淸麗)한 꾀꼬리의 노래에는 역시 그에 맞는 상당한 음영이 있는 것입니다. 음영 없는 물체가 어디 있겠습니까. 나는 존재에는 반드시 음영이 따른다고 합니다. 다만 같은 물체일지라도 공간과 시간의 여하에 의하여, 그 음영에 광도(光度)의 강약만은 있을 것입니다. 곧 음영에 그 심천(深淺)은 있을지라도, 음영이 없기도 하다고는 할 수 없는 것입니다. (중략)

그러면 시혼은 본래가 영혼 그것인 동시에 자체의 변환은 절대로 없는 것이며, 같은 한 사람의 시혼에서 창조되어 나오는 시작에 우열이 있어도 그 우열은 시혼 자체에 있는 것이 아니요, 그 음영의 변환에 있는 것이며, 또는 그 음영을 보는 완상(玩賞)자 각자의 정당한 심미적 안목에서 판별되는 것이라고 합니다.

소월은 지상에 존재하는 모든 것에는 음영이 있다고 말한다. 다만 그것은 주변의 시간이나 공간의 환경에 따라 다르게 인식될 수 있고, 그것을 받아들이는 독자의 안목이나 태도에 따라 달라질 수 있다는 것이다. 그러니 시혼은 절대 변하지 않고 다만 음영이 변하는 것이라고 이야기한다. 소월의 설명대로라면 음영은 매번 달라질 수 있는 것이기 때문에 의미가 명확히 잡히지는 않는 것 같다.

조금 쉽게 접근한다면, 작품이 담고 있는 시간적·공간적 배경에 대한 정보나 시어의 의미 등을 종합해서 판단해야 하는 개념으로 볼 때, 작품의 주제 의식이나 독자의 개인적 감상 정도로 생각하면 이해하기가 좀 쉬울 것 같다. 즉 소월의 시라면 모든 시에 소월의 시혼은 동일하게 담겨 있는 것이다. 그리고 그 시혼은 누구도 평가할 수 없다. 다만 각 작품에 담겨 있는 주제나 읽으면서 드는 독자의 생각은 작품마다 다르기 때문에 읽는 사람의 안목으로 평가해야 한다는 것이다.

이렇게 소월은 자신의 시론을 당당히 발표한다. 하긴 스스로의 밑바탕이 단단하지 않고서야 어찌 훌륭한 작품들이 나오겠는가. 이것만 보더라도 소월은 이미 주변의 평가와는 상관없이 한 사람의 시인으로 우뚝 서 있는 모습이다. 그런데 이 글을 읽은 김억은 어떤 생각을 했을까? 기록으로 남아 있지는 않아 알 수 없지만, 이후 둘의 관계가 한동안 뜸해졌다는 사실로 미루어 볼 때 복잡

미묘한 감정을 느끼기는 했던 것 같다. 그래도 시간이 흐른 뒤에는, 이렇게 성장해서 '시인 대 시인'으로서 대화를 나누는 제자의 모습에 기쁜 마음도 들지 않았을까?

어느덧 소월은 김억의 제자가 아닌 김소월이라는 이름으로 세상에 이름을 남기기 시작한다. 비록 살아 있는 동안에 부와 명예를 누리지는 못했지만, 그에 대한 여러 사람의 평가만으로도 그의 문학적 가치는 짐작하고도 남을 것이다. 그중 소설가 김동인 (1900~1951)의 평가가 가장 인상적이다. 그는 처음 소월의 시를 접하고 불용품(不用品)이라고 서랍에 처박아두고, "소월의 시가 안서(김억의 호)의 졸악(拙惡)한 면만 그대로 흉내낸 것"이라고 혹평한다. 그런 그가 4년 후 소월의 시 〈삭주구성〉을 우연히 읽은 후 이런 평가를 남긴다.

우리의 속담에 '두각을 나타낸다'는 것이 있는 반면에 또한 '옥이라도 갈지 않으면 빛을 못 낸다'라는 말이 있다. 김정식(소월의 본명)이 '소안서(작은 김억이라고 혹평한 말)'에서 '소월'로 변화한 그것이 '두각을 나타내었는지'는 알 수 없다. 그러나 중간 시기가 있었음은 짐작할 수 있다.

– 〈내가 본 시인 - 김소월 군을 논함〉(조선일보, 1926년 12월 10일자)

그리고 그는 마지막에 "(소월은) 조선 정조를 가장 잘 이해하는 사람이고 조선 민중과 시가를 접근시킬 가장 큰 인물"이라는 평가를 남긴다. 그의 말대로 수십 년의 시간이 흐른 지금, 시인 김소월은 한국 문학의 가장 위대한 시인으로 손꼽힐 정도이니, 소월이나 김억 모두 영혼으로나마 기뻐했으면 좋겠다.

키워드로

읽는

김소월 시

먼 훗날

먼 훗날 당신이 찾으시면
그때에 내 말이 "잊었노라"

당신이 속으로 나무리면
"무척 그리다가 잊었노라"

그래도 당신이 나무리면
"믿기지 않아서 잊었노라"

오늘도 어제도 아니 잊고
먼 훗날 그때에 "잊었노라"

나무리다 '나무라다'의 방언.

이 시는 아직 오지 않은 먼 훗날에 대한 이야기다. 먼 훗날에 '당신'이 '나'를 찾거나 '나'에게 묻는다면 이렇게 하겠다는 가정(假定)의 이야기다. '먼 훗날'이라는 미래의 어느 때에 '당신'이 어찌어찌한다면 '나'가 이러저러하게 답하겠다는 내용을 담고 있다.

잊었노라

'잊었노라'는 화자의 심정을 드러내면서 운율적 효과를 준다. 김소월의 시의 매력 가운데 하나가 운율적 효과이다. 각각의 행은 세 번 끊어 읽을 수 있는 형태, 즉 3음보로 구성되어 있다. 각 연이 비슷한 문장 형태로 구성되어 있으며, 각 행의 글자 수도 모두 같다. '먼 훗날', '당신', '잊었노라'라는 시어의 반복도 이 시의 운율감을 형성하는 요소이다 화자는 언제 헤어졌는지는 알 수 없지만 아직도 '당신'을 잊지 못하고 있다. '무척 그리다'라는 말처럼 화자는 지금 그리움 때문에 아파하고 있다. '믿기지 않아서'라는 3연의 말처럼 '당신'은 아마도 돌아오지 않을 수도 있다. 그럼에도 불구하고 '오늘도 어제도 아니 잊고'라는 표현에서 짐작할 수 있듯이, 그리움의 크기가 작아지지는 않는다. 이런 아픔 속에서 화자는 다짐한다. '먼 훗날 당신이 찾아온다면 이미 잊었다고 말해야지.'라고.

반어적인 표현은 표면적인 의미와 내면적인 의미가 서로 반대되는 표현 방법이다. 따라서 반어적인 표현을 이해하기 위해서 상황과 장면에 대한 이해가 필요하다. 화자의 현재 처지는 '당신'과 헤어져 지내는 상태이면서 겉으로는 '당신'을 잊었다고 말하고 있다. 그리고 혹시라도 먼 미래에 그 사람을 다시 만난다 하더라도 이미 잊었다는 말을 하겠다고 한다. 하지만 우리가 보통 '잊었노라'라고 말할 수 있으려면 그 말을 하기 이전의 어떤 때에 '잊

46

는다'는 행위가 이루어져서 현재까지 지속되고 있어야 한다. 그런데 이 시의 마지막 연에서는 '오늘도 어제도 아니 잊고'라고 하면서 '먼 훗날 그때에 잊었노라'라고 말하고 있다. 결국 '잊었노라'라는 표현은 현재뿐만 아니라 먼 훗날까지도 '당신'을 잊지 못할 것임을 강조하기 위해 의도적으로 반대로 말한 것이라 할 수 있다.

이 시는 1920년, 김소월이 19세에 쓴 작품이다. 그런데도 내용이나 형식적인 면에서 부족하거나 서툰 부분이 보이지 않는다. 김소월은 사랑에 대한 시를 많이 썼는데, 이 시의 주제도 '사랑'이다. 결코 잊을 수 없는 '당신'을 향한 애틋한 그리움을 간결한 형식에 담아 표현한 작품으로, 잔잔하면서도 애절한 그리움이 배어 있다.

　누구나 사랑이 영원하기를 바란다. 남녀 간의 사랑은 물론, 종교적인 의미의 사랑이나 사람과 반려동물 간의 사랑도 마찬가지다. 하지만 시간은 언제나 사랑의 편이 아니다. 이 세상의 모든 것은 변하기 마련이기에, 꿈도 희망도 사랑도 그 모든 것을 아우르는 인간의 감정도 언젠가는 변하기 마련이다.

　이 시의 화자도 어쩌면 영원한 사랑을 꿈꾸고 있는 건지도 모르겠다. 하지만 화자 곁에는 그 사랑의 대상인 '당신'이 없다. '당신'이 지금 곁에 있지 않기에 그리워할 수밖에 없다. 하지만 그러다가 결국에는 '영원한 사랑'을 믿지 못하게 될지도 모른다. 먼 훗날에 '당신'이 그런 '나'를 나무라면 어떻게 변명을 해야 할까? 돌아올 것이라는 확신이 있다면 언제까지라도 기다리겠지만, 화자에게는 그러한 확신이 없는 듯하다.

　'당신'이 없는 내일에 대한 두려움과 '나'를 지워버리고 떠나간 과거의 '당신'에 대한 원망을 넘어서는 감정은 바로 지금의 간절함일지도 모른다.

먼 훗날에 '당신'을 잊어버릴지도 모른다는, 아니 잊어버려야만 살아갈 수 있다는 그 다짐보다는 '오늘도 어제도' 그리고 '먼 훗날'에도 '나'는 '당신'을 잊을 수 없다는 감정이 더 간절할 수 있다. 결국 사랑에 대한 가정(假定)은 잊히는 것에 대한 두려움을 뛰어넘어 현재의 사랑의 영원성과 맞닿아 있는 것은 아닐까.

금잔디

잔디,
잔디,
금잔디,
심심산천에 붙는 불은
가신 임 무덤가에 금잔디.
봄이 왔네, 봄빛이 왔네.
버드나무 끝에도 실가지에.
봄빛이 왔네, 봄날이 왔네,
심심산천에도 금잔디에.

금잔디, 붙는 불 　　　　　　　　　　　　　　　　　Q

'잔디 / 잔디 / 금잔디'로 이어지는 시작 부분을 반복해서 읽어보면 그 리듬
감이 아이들의 동요처럼 경쾌하다. 마치 의도적으로 시행을 나누어 겨우내
누렇게 말라 있던 잔디들 사이로 새 잔디 잎들이 솟아오르는 모습을 표현한
것 같기도 하다. 그런데 그 잔디가 돋아나는 곳이 '가신 임 무덤가'이다. 봄
이 되어 생동감이 넘쳐나는데, 화자는 돌아올 수 없는 곳으로 떠난 임을 다
소곳이 덮고 있는 잔디가 파릇파릇 피어나는 모습을 보고 있다.

　그렇다면 임이 고이 잠들어 있는 무덤가에 '붙는 불'은 무슨 뜻일까? '화
려하게 제 모양들을 뽐내는 봄의 빛'이나 '짙게 퍼져가는 풀빛'일 수도, 이
별과 죽음을 초월하는 '임을 향한 변치 않을 단심(丹心)'일 수도, 화자를 미
치게 하는 '마음속의 불'일 수도 있다. 혹은 이 전부일지도 모르겠다.

심심산천 　　　　　　　　　　　　　　　　　　　　Q

화자가 있는 곳은 깊고 깊은 산속 임의 무덤 앞인가 보다. 무덤과 화자의 거
리는 단순한 물리적 거리만을 뜻하지는 않는 듯하다. 삶과 죽음의 거리, 즉

단절된 거리이자 절망의 거리이다. 그것은 소월의 다른 작품인 <초혼>에서

처럼 아무리 크게 소리를 질러도 절대로 들릴 수 없는 '하늘과 땅' 사이의

넓은 거리이기도 하다. 현실에서는 만날 수 없는 아득한 거리감을 '깊고 깊

은 산속'이라고 표현한 것이다.

봄이 왔네	🔍

시인이 시를 쓸 때는 당연히 단어 하나, 조사나 어미 하나까지도 섬세하게

갈고닦아 쓰기 마련이다. 화자는 임의 부재에 대한 상실감을 표현하면서도

유독 '봄'이라는 단어를 반복해서 말하고 있다. 심지어 '봄이 왔네 / 봄빛이

왔네 / 봄날이 왔네'라며 점층적으로 그 의미를 심화하고 있다. 그로 인해

화자가 느끼는 아쉬움과 상실감 역시 점점 깊어지는 느낌이다. 봄은 화려하

면서도 생동감 있는 계절이지만, 이 시에서는 임이 없음을 더욱더 절감하게

하는 계절이다.

만물에 찾아온 봄은 임의 무덤가에 심어진 버드나무 끝 실가지에도 온다. 근데 왜 하필이면 깊은 산중에 있는 수많은 나무 가운데 버드나무였을까? 버드나무는 문학적으로 많은 상징을 지니고 있다. 설화 속에서 물을 급히 마시지 않게 하기 위해 띄워준 나뭇잎이 바로 버드나무의 잎이었고, <춘향전>에 등장하는 이몽룡이 성춘향을 처음 본 곳이 버드나무 아래이다. 홍랑이라는 기생이 임에게 꺾어 보낸 것도 바로 묏버들이다.

강인한 생명력을 지니고 있으며, 봄이 오면 물을 흡수하여 주위 식물들보다 먼저 싱그러운 싹을 틔우는 것이 버드나무이다. 그래서 버드나무는 봄의 도래를 상징하는 식물이라 할 수 있다. 사랑의 상징이기도 하며 봄과 소생하는 자연의 생명력을 상징하기도 하는 그 나무에도 봄이 찾아온 것이다. 모든 것이 약동하는 생명력으로 가득 찬 봄이건만 임의 부재를 확인하는 화자의 절망감은 수양버들의 가지처럼 수만 갈래로 늘어져 그 깊이가 풀빛처럼 깊어만 진다.

이 세상에서의 삶이 끝나는 것은 슬픔을 동반할 수밖에 없고, 예상치 못한 죽음일수록 그 슬픔은 더욱 크다. 게다가 그게 사랑하는 사람이라면 무슨 말이 더 필요하겠는가. 그래서일까, 우리는 죽은 사람을 쉽게 떠나보내지 못한다. 양지바른 좋은 터에 무덤을 만들거나, 납골당의 한 칸에 가장 아름다울 때의 흔적을 남겨두거나, 뼛가루를 묻은 위에 나보다 더 오래 살 나무를 심는다.

화자는 무덤가에 와 있다. 어느새 봄이 오고 있나 보다. 그런데 표현이 참 재미있다. 겨우내 우중충한 색으로 물들어 있던 산중에 돋아나는 금잔디를 '심심산천에 붙는 불'로 표현한다. 낯선 조합인 듯하지만 시인의 이런 감각적인 표현 때문에 봄의 풍경이 유독 강렬하게 다가오는 것 같다. 모든 걸 다 집어삼키지만 동시에 새로운 탄생이기도 한 불처럼, 버드나무의 새순과 새 잔디잎들이 피어난다.

이렇게 강렬한 봄빛을 보고 있으니 불가능한 일인지 알면서도 막연한 희망이 솟아오를 것만 같다. 저 버드나무와 금잔디처럼 가신 임도 이 무덤에서 툭툭 털고 피어나면 얼마나 좋을까. 봄날 아지랑이 같은 환상이라도 그저 눈앞에만 나타난다면 얼마나 좋을까.

하지만 그럴 리가 없다. 이 산천의 모든 곳에는 새 생명이 태어나고 있는

데 말이다. 봄이 오고 생명이 돋아나고 있지만, 임의 무덤 곁에 선 화자의 마음은 차디찬 무덤 속 같다.

진달래꽃

나 보기가 역겨워
가실 때에는
말없이 고이 보내드리오리다

영변에 약산
진달래꽃
아름 따다 가실 길에 뿌리오리다

가시는 걸음걸음
놓인 그 꽃을
사뿐히 즈려밟고 가시옵소서

나 보기가 역겨워
가실 때에는
죽어도 아니 눈물 흘리오리다

나 보기가 역겨워

첫 행부터 강렬하다. '역겹다'는 '역정이 나거나 속에 거슬리게 싫다'는 뜻인데, 아무리 헤어졌더라도 사랑했던 사이에 이런 표현이 가능한지 모르겠다. 물론 화자가 실제 이런 말을 들었을 수도 있고, 아니면 무책임하게 떠나는 상대의 모습에 너무 실망한 자조적인 표현일지도 모르겠다.

'역겨워'를 '역(力)겨워', 즉 '힘에 겨워'로 해석하기도 하는데, 헤어지는 연인 사이라고 본다면 이런 해석도 가능할 것 같다. 어쨌든 화자에게는 청천벽력같은 상황이다. 사랑이 끝나고 있으니 말이다.

영변에 약산 진달래꽃

왜 하필 '영변에 약산 진달래꽃'일까? 약산은 평안북도 영변의 서쪽에 위치한 산으로, 관서팔경의 하나인 '약산 동대(藥山東臺)'가 있다. 동대는 경치가 아름다울 뿐 아니라 봄에는 진달래가 온 산을 붉게 물들인다. 소월이 굳이 지명을 언급한 이유는 독자들의 머릿속에 이 풍경을 좀 더 선명하게 그려주고 싶은 마음이 아니었을까? 시의 이미지를 더 강렬하고 풍성하게 전달하는 것이 독자들의 공감을 끌어내는 데 유리하니까.

사뿐히 즈려밟고   🔍

화자는 임이 가시는 길에 꽃을 아름 따다 뿌려두었다. 문제는 '즈려밟다'이다. '발밑에 있는 것을 힘을 주어 밟다'라는 뜻인데, 그렇게 읽으면 앞의 '사뿐히'와 어울리지 않는다. 사랑하는 사람을 떠나보내고 싶은 사람이 어디 있겠는가. 그런 마음을 역설적인 표현으로 드러낸 것이라 볼 수 있다.

'즈려밟다'를 '지레 밟다'로 보아 '미리 먼저 밟고 가시라'는 뜻으로 해석하기도 한다. 이렇게 해석하면 앞의 '사뿐히'와 잘 연결되면서, 슬프지만 임이 가는 길을 축복해 주는 의미가 더 잘 사는 것 같다. 시를 해석하는 데 정답은 없다.

죽어도 아니 눈물 흘리오리다   🔍

이 구절만 놓고 보면 정말 울지 않겠다는 의미로 해석해야 맞다. 하지만 그렇게 읽을 사람은 없을 듯하다. 울지 않으려면 마음의 정리가 다 끝나 있어야 한다. 그렇게 보기에는 너무 정성스러운 일을 하고 있다. 떠나는 길에 꽃길을 만들어주는 것은 보통 정성이 아니다. 그러니 울지 않겠다는 화자의 모습이 더 안타깝게 다가온다.

아마도 떠나는 임에게 짐 하나 얹어주기도 싫은 애틋한 마음이지 않았을까? 그런데 때로는 펑펑 우는 사람보다 울음을 꾸역꾸역 참아내는 사람의 모습이 더 애처롭고 눈길이 간다.

남남이던 두 사람이 만나 사랑하는 사이가 되는 일은 마법 같은 일이다. 주술과도 같은 이 매력에 빠지는 순간 세상의 어떤 기준도 통하지 않고 주변의 어떤 말도 들리지 않으니 말이다.

안타까운 것은 피었다 지는 진달래꽃처럼 사랑도 영원할 수 없다는 사실이다. 용광로처럼 펄펄 끓던 불같은 사랑도 언젠가는 식기 마련이다. 마음이 먼저 식은 한쪽은 이별 준비를 할 것이다. 그리고 더 이상 미련이 남지 않는 순간 관계의 끝을 선언할 것이다.

사랑이 아직 식지 않은 사람은 날벼락을 맞는다. 아무리 붙잡고 마음을 돌려보려 해도 이미 식어버린 상대의 마음을 어쩔 것인가. 갈 길을 잃은 애절한 마음만 허공을 맴돌 뿐이다. 화도 났다가 실성한 듯 웃기도 했다가 현실을 부정하기도 했다가 울기도 할 것이다. 그러다 남은 사랑이 다 식는 고요한 순간이 오면 이별을 맞는다.

그래서일까? 이 시의 화자의 모습은 더 슬프고 안타깝다. 본인의 마음은 아직 다 정리도 되지 않은 것 같은데 임을 떠나보내야 하는 상황. 그런데 그 와중에도 임이 가시는 길을 꽃길로 만들어주고 있다. 꽃이 아니라 가시라도 잔뜩 뿌려놔야 할 상황에 떠나는 사람을 걱정해 주고 있으니, 이 절절한 마음이 무수히 많은 사람의 가슴을 울리고 '한(恨)'이라는 단어를 만들어냈는지도 모르겠다.

　이 시대에는 당연했을지 모를 상황이건만, 읽을수록 마음 한편이 불편하다. 가슴 아파야 할 사람은 따로 있는데 아픈 사람만 더 아픈 느낌은 별로이다. 차라리 떠나는 임이 이 세상을 하직한 임이었으면 좋겠다는 생각이 든다. 왜인지는 모르지만 갑작스럽게 이 세상을 떠난 당신. 하고 싶은 말은 많은데 할 수 없는 상황이다. 그나마 화자가 할 수 있는 일이라곤 아름답게 꾸민 꽃상여에, 가는 길이라도 영원히 행복하도록 진달래꽃으로 가득하게 만드는 일인 것 같다. 혼자 남은 세상이 너무 슬프지만 차라리 하늘의 뜻으로 받아들이면 조금 나을 듯하다. 이제는 울지 않으리라 다짐하는 화자의 모습이 씩씩해 보인다.

접동새

접동
접동
아우래비 접동

진두강 가람 가에 살던 누나는
진두강 앞마을에
와서 웁니다

옛날, 우리나라
먼 뒤쪽의
진두강 가람 가에 살던 누나는
의붓어미 시샘에 죽었습니다

누나라고 불러보랴
오오 불설워
시새움에 몸이 죽은 우리 누나는
죽어서 접동새가 되었습니다

아홉이나 남아 되던 오랩동생을
죽어서도 못 잊어 차마 못 잊어
야삼경 남 다 자는 밤이 깊으면
이 산 저 산 옮아가며 슬피 웁니다

불설워 불쌍하고 서러워.

오랩동생 오라비 동생. 여자의 남동생.

야삼경(夜三更) 하룻밤(저녁 7시에서 새벽 5시)을 다섯 부분으로 나누었을
때 셋째 부분. 밤 11시에서 새벽 1시 사이.

이 시에서 '접동새'의 이미지는 한(恨)의 표상이다. 새는 비상하는 데 그 본연의 의미가 있다. 그러나 누나가 죽어 재 속에서 탄생한 접동새는 아홉 동생으로 인해 자유로이 날아다니지 못하고 이 산 저 산 떠돌며 슬피 울어야 한다. 자유와 구속이 동시에 주어진 셈인데, 실마리가 풀리지 않고 맺혀 있는 감정을 '한(恨)'이라 볼 때, 접동새는 바로 그런 한의 표상이 되는 것이다.

아우래비 접동

1연은 '접동 / 접동 / 아우래비 접동'으로 이루어져 있다. 시인은 의도적으로 '접동'이라는 단어를 3행에 걸쳐 표현했는데, 이는 마치 눈에 보이지 않는 소리가 빈 공간으로 퍼져 나가는 것처럼 보이게 하는 효과를 준다. 또한 '접동'이라는 소리가 지속되어 시 전체의 비극적인 분위기를 형성하는 데도 기여하고 있다. 또한 '아우래비'라는 표현은 '아홉+오래비' 혹은 '아우 오래비'의 줄임말로 보는데, '아홉 혹은 아우'라는 단어와 '오래비'라는 단어는 연결해서 발음하기기 쉽지 않다. 따라서 시인은 의도적으로 '아우래비'라는 말을 만들어 단어들의 연결도 자연스럽게 하고 시를 리듬감 있게 읽을 수 있도록 한 것으로 보인다. 우리말을 자유자재로 사용했던 시인의 탁월한 언어 감각을 엿볼 수 있다.

우리 누나 🔍

2~4연에서의 '누나'가 4연 후반부에서는 '우리 누나'로 바뀐다. 시인은 남동생 중 한 명을 시적 화자로 설정하여 2, 3연에서 접동새에 얽힌 이야기를 객관적으로 제시하다가 4연에 이르러 '오오 불설워'라는 영탄적인 표현을 통해 화자의 주관적인 감정을 표출한다. 즉 '우리'라는 단어를 사용하여 독자를 작품 속으로 끌어들여 화자와 일체화·동일화하게 한다.

이는 독자로 하여금 '죽어서도 못 잊어' '남 다 자는 밤'에 찾아와 우는 누나의 슬픔과 어린 동생들의 그리움을 '우리'의 이야기로 느끼게 해주는 효과가 있는 것이다.

이 시는 진두강 가에 살던 한 소녀가 억울하게 죽은 뒤 접동새로 환생하여 밤마다 동생들을 찾아와 슬피 울었다는 설화를 바탕으로 쓴 작품이다. 소월은 1920년대 당시 서구 편향적이었던 우리 초기 문단의 형성 과정에서 한국적인 정감과 가락의 원형을 잘 보여준 시인이었다. 전통적인 시가에서 '한(恨)'을 표상하는 소재로 흔히 등장하는 '접동새'를 소재로 채택했으며, 특히나 설화를 활용하여 현실의 비극적 삶을 초월하려는 애절한 혈육의 정을 잘 표현하고 있다. 이 시의 리듬도 민요적 성격을 잘 보여주고 있다. 3음보를 바탕으로 시어의 반복, 시행의 배열과 연의 구분을 통한 호흡 조절 등으로 운율감을 조성하고 있는 것이 특징적이다. 이 시는 처음에 배재고보에서 발간하는 교지 《배재》 2호(1923. 3.)에 <접동>이라는 제목으로 발표했다가 일부 구절을 고치고 제목도 <접동새>로 바꾸어 시집 《진달래꽃》에 수록했다.

전설이나 민담의 소재로 자주 활용되는 접동새는 '소쩍새, 두견새, 촉조(蜀鳥), 귀촉도(歸蜀道), 망제(望帝), 불여귀(不如歸), 자규(子規)' 등의 다양한 이름으로 불린다. 입안이 빨간색이기 때문에 '목에서 피가 날 때까지 우는 새'라는 이미지를 가지고 있다. '불행하고도 비극적인 생활과 사랑의 정한', '채워지지 않는 사랑과 그리움', '이별의 정한' 등을 주제로 한 시에서 자주 사용되는 소재이다.

접동새가 두견새냐 소쩍새냐는 논란도 있지만 그리 중요한 것은 아니다. 국어사전에는 '접동새'를 '두견의 경남 지방 방언'이라고 풀이하며, '큰접동 새'를 '큰소쩍새의 북한 방언'이라고 풀이해 두었다. 접동새는 '두견새, 귀 촉도, 불여귀, 자규' 등의 이름으로 애상을 상징하는 소재로 시문에 많이 인 용되었다. 여기에서는 중국 고사에 전해지는 이야기를 하나 소개한다.

중국의 촉나라에 망제(望帝)라는 왕이 있었는데, 별령이라는 자신의 신하 에게 나라를 빼앗긴 후 쫓겨나오니 원통하기가 이를 데 없었다. 그리하여 죽어 두견새가 되어 밤마다 '불여귀(不如歸)'를 부르짖어 목구멍에서 피 가 나도록 울었다. 후세 사람들은 그 새를 '귀촉도(歸蜀道)'라 하였고, 망 제의 죽은 혼이 깃든 새라 말했다.

서정주의 <귀촉도>가 이 고사를 모티프로 했다. <귀촉도>는 촉나라로 돌 아가지 못한 망제의 원통함을, 돌아오지 못할 먼 길을 가신 임을 안타까워 하며 그리는 마음으로 표현하고 있다.

못 잊어

못 잊어 생각이 나겠지요,
그런대로 한세상 지내시구려,
사노라면 잊힐 날 있으리다.

못 잊어 생각이 나겠지요,
그런대로 세월만 가라시구려,
못 잊어도 더러는 잊히오리다.

그러나 또 한끝 이렇지요,
'그리워 살뜰히 못 잊는데,
어쩌면 생각이 떠나지요?'

한끝 또 한편. 또 다른 면.

못 잊어   🔍

이 시는 짧고 간결한 형식으로 시간이 지나도 잊을 수 없는 누군가를 향한 간절한 그리움을 표현하고 있다. 누군가를 잊어야 하는 이유는 여러 가지가 있을 수 있다. 하지만 누군가를 잊지 못할 그리움에는 많은 말이 필요치 않은 듯하다. 살다 보면 잊힐 수 있고 세월만 보내다 보면 잊힐 수도 있겠지만, 화자는 계속 '못 잊어'라는 말만 반복하고 있다.

지내시구려   🔍

이 시를 읽다 보면 시적 화자가 누군가와 대화를 하는 듯하다. '-구려'라는 종결어미는 보통 새롭게 알게 된 사실에 대한 감탄의 의미를 지니기도 하지만, 이 시에는 '-시-'라는 어미와 결합하여 상대방에게 무엇인가를 권유하는 의미를 지니고 있기 때문이다. 1, 2연의 1행은 누군가를 그리워하는 화자가 '못 잊어 생각이 날 것 같아요.'라고 하소연을 하고, 2~3행에서는 '살다 보면, 세월이 지나면 잊힐 겁니다.'라는 위로를 하는 형태로 구성되어 있다. 혹은 1, 2연은 시간이 흐르면 언젠가는 잊을 수 있다는 위로와 권유의 말이고, 3연은 '그래도 잊히지 않네요.'라고 대답하고 있는 형태로도 볼 수 있을 것 같다.

또 한끝   🔍

3연에 등장하는 '한끝'이라는 표현은 '한쪽의 맨 끝'이라는 말로, '한편'이나 '다른 면'이라는 뜻으로 쓰였다. 이는 이 시의 전체적인 구성을 상반된 입장을 지닌 두 사람의 대화로도 볼 수 있지만, 또 한편으로는 '잊어야 한다'와 '과연 잊을 수 있겠는가'로 양분된 화자의 내적 갈등을 표현한 것으로도 볼 수 있다. 생각이라는 것은 묘하게도 생각하지 않으려 하면 할수록 더욱 생각이 나는 법이다. 하물며 미움이라는 감정도 그 대상을 떠올려야 생겨나는 것인데, 그리움을 지우려 한다면 더욱더 대상이 떠오르는 것을 막을 수는 없을 것이다.

'그런대로 지내고, 그런대로 세월을 보내'라며 비교적 담담하게 전개되던 시상이 마지막에 크게 한번 요동을 친다. '살뜰히 못 잊는데, 어쩌면 생각이 떠나지요?'라고.

'살뜰히'의 사전적 의미는 두 가지다. 하나는 '일이나 살림을 매우 정성스럽고 빈틈없이 한다'는 뜻이고, 다른 하나는 '남을 위하는 마음이 자상하고 알뜰하다'는 뜻이다. '그런대로'와 '살뜰히'······ 잊지 못한 대상을 향한 그리움을 묵묵히 감내하는 듯한 인상을 풍기고 있어 애잔하다.

잊는다는 것은 어떤 것일까? 얼핏 생각하면 모든 것을 다 기억하는 것이 훨씬 좋을 것 같지만, 사실 망각은 우리에게 꼭 필요하다. 우리는 매일 많은 정보를 보고 듣고 받아들인다. 그 모든 것을 빠짐없이 기억한다면 아마 머리가 곧 한계에 부딪히고 말 것이다.

'기억'은 이전의 인상이나 경험을 의식 속에 간직하거나 도로 생각해 내는 것이다. 우리가 사랑하고 이별하는 일들은 아주 인상적이거나 강렬한 경험이기 때문에 기억에서 잘 지워지지 않는다. 처음 만난 날의 모습, 고백한 순간, 사랑하던 기억, 이별의 장면······.

소월이 이 시를 잡지 《개벽》(1923. 5.)에 발표했을 때의 제목은 '못 잊도록 생각나겠지요'였다. 큰 의미 차이는 없으나 훨씬 강렬하게 다가오는 듯하다. 이미 제목부터 못 잊을 거라고 답을 내린 느낌이다.

사랑했던 사람은 절대 잊을 수 없다. 이 시에서처럼, 사노라면 잊힐 날이 있을까? 세월만 가면 정말 더러는 잊힐까? 물론 시간이 흐른 뒤 예전의 사소했던 일들은 떠올리려 해도 잘 떠오르지 않을 수 있다. 하지만 그 사람에 대한 기억, 그 사람을 사랑했다는 사실은 잊힐 리가 없다. 영화 속 한 장면에서, 라디오에서 흘러나오는 노래에서, 지나가다 본 가게의 간판에서, 무심코 넘기던 책장 사이에서 불쑥 그 사람을 떠올리게 된다. 잊힌 것이 아니다.

그저 가라앉아 있었을 뿐.

그래서 마지막 연의 답이 참 좋다. 구구절절 설명하지 않아도 삶의 진리가 담겨 있는 것 같아 좋다. 잊힐 리가 없는데 어쩌겠는가. 펑펑 울고 나면, 충분히 슬퍼하고 나면 곧 다음이 온다. 이런 시 구절이 떠오른다. "사랑하라, 한 번도 상처받지 않은 것처럼"

왕십리

비가 온다
오누나
오는 비는
올지라도 한 닷새 왔으면 좋지.

여드레 스무날엔
온다고 하고
초하루 삭망이면 간다고 했지.
가도 가도 왕십리 비가 오네.

웬걸, 저 새야
울랴거든
왕십리 건너가서 울어나 다고.
비 맞아 나른해서 벌새가 운다.

천안에 삼거리 실버들도
촉촉이 젖어서 늘어졌다데.

비가 와도 한 닷새 왔으면 좋지.

구름도 산마루에 걸려서 운다.

삭망 음력 초하루와 보름. 삭(朔)은 신월(新月, 음력 초하룻날에 보이는 달)

을, 망(望)은 만월(滿月, 음력 보름날에 뜨는 둥근 달)을 의미한다.

벌새 벌(넓고 평평한 땅)에서 볼 수 있는 야생의 새. 들새.

왕십리

이 시의 제목인 '왕십리'는 지명을 뜻하는 것일까? 시의 전체적인 내용을 살펴보면 구체적 지명이라기보다는 한자의 뜻을 살려 '십 리를 간다'라는 의미로 보는 것이 적절할 것이다. 2연의 '가도 가도 왕십리 비가 오네.'라는 시구를 통해 볼 때, 화자는 계속 떠돌며 살 수밖에 없는 나그네나 유랑민 정도로 볼 수 있겠다. 따라서 이 시는 그들의 비애를 표현한 작품으로 볼 수 있다.

비가 온다

화자는 비를 맞으며 길을 걷고 있다. 길을 가는 나그네에게 비는 반갑지 않은 존재이다. 하지만 비가 닷새 정도 내린다면 얘기가 달라진다. 비를 핑계로 며칠 쉬었다가 갈 수 있기 때문이다.

1연에서 비가 오는 상황을 '온다, 오누나, 오는, 올지라도'와 같이 '오다'를 다양하게 활용하여 표현하고 있다. '오다'의 활용에 사용된 어미가 부드러운 느낌을 주는 자음인 'ㄴ, ㄹ'인데, 이를 연속적으로 사용하여 마치 비가 보슬보슬 연이어 계속 내리는 모습을 연상하게 한다.

천안에 삼거리 실버들

조선 시대까지만 하더라도 '천안 삼거리'는 삼남(충청도, 경상도, 전라도) 지방에서 한양으로 가기 위해서 반드시 거쳐야 하는 중요한 길목이었다. 화자는 나그네로서는 반드시 거쳐 가야 할 그 길목의 실버들도 비에 '촉촉이 젖어 늘어져' 있다는 소식을 듣는다. 촉촉이 젖어 있다는 말은 비가 많이 내리지는 않는다는 말이다. 촉촉히 내린 비에 나그네는 길을 갈 수밖에 없다. 나그네의 서글픈 비애가 비에 젖어 늘어진 실버들로 표현되어 있는 듯하다.

벌새와 구름

슬픔에 빠져 있으면 세상에 혼자가 된 기분이다. 하지만 문득 고개를 들어 바라보면 세상에 나와 함께 울어주는 존재도 있다. 3연과 4연에는 화자와 함께 울고 있는 존재들이 등장한다. 들에 사는 벌새(들새)도 비를 맞아 울고 있으며, 실버들도 좋아하는 비를 맞았지만 왠지 모를 쓸쓸함에 늘어져 있다. 또 구름들 사이로 내리는 비도 산마루에 걸려 우는 듯하다. 하지만 결국엔 비를 맞으며 화자는 또 '왕십리'를 가야만 할 듯하다.

참 어려운 시다. 화자의 모습도 불분명하고, 화자가 하나인지 여럿인지도 헷갈린다. 화자가 있는 장소도 명확하지 않고, 비가 오는 상황과 다양한 소재의 모습만 그리고 있을 뿐이다. 그래서 이 시는 해석도 다양하고 논란도 많다.

그런데 시를 감상하는 독자들 입장에서까지 이 시를 겁낼 필요가 있을까? 전문적인 해석은 전문가의 영역이고 시는 누구에게나 열려 있다. 시를 읽으면서 드는 생각이 곧 감상이고 해석이다. 더하자면 그냥 막무가내로 읽는 것보다는 내가 이렇게 생각하게 된 이유를 시 안에서 찾아보고 고민해 보는 시간을 가진다면 시가 더 풍성하게 느껴질 것이다. 그것도 어렵다면 마음에 드는 시구나 장면을 떠올려 보는 정도로도 좋다.

1연의 '온다, 오누나, 오는, 올지라도, 왔으면'으로 이어지는 부분이 좋다. 행 구분에 따라 끊어 읽다 보면 비가 추적추적 내리는 풍경이 마음속에 그려지는 것 같아 좋다. 시의 마지막 행인 '구름도 산마루에 걸려서 운다.'도 좋다. 비가 내리는 모습을 이렇게 참신하게 표현할 수 있는지 놀랍기도 하다.

떠도는 나그네의 모습과 비를 연결하여 해석하는 것도 좋다. 또 소월의 다른 시들에 기대어 사랑하는 연인을 그리워하는 시로 읽는 것도 좋다. 여드레 스무날엔 온다고 하고 초하루 삭망이면 간다고 했던 그 사람이 돌아오지 않나 보다. 왜인지는 모르겠지만 이제 임은 영영 돌아오지 않는 상황인가 보다. 내리는 비처럼 화자의 슬픔도 깊어지고 새와 버드나무, 구름도 화자와 함께 슬퍼해 주는 것 같다. 하긴 이제 매달 여드레 스무날엔 돌아오지 않는 그 사람 생각으로 눈물이 마를 날이 없을 것도 같다.

개인적으로는 이 시가 인간의 삶의 근원적인 고통이나 슬픔을 이야기하고 있는 것 같다. 살다 보면 어떤 날은 화창한 햇볕이 비추기도 하고, 어떤 날은 우울하게 비가 내리기도 한다. 이왕이면 매일 화창한 날이었으면 좋겠지만, 이 시처럼 계속 비만 내리는 날도 있다. 그렇다면 이 힘든 날은 언제 끝나는 것일까? 한 닷새만 오고 다시 기쁜 일들이 찾아왔으면 좋겠는데, 가도 가도 십 리만 더 가라고, 조금만 더 기다려보라고 하니 이 슬픔을 어떻게 해야 하나. 그래서 부처님이 '삶은 고해(고통의 바다)'라고 했는지도 모르겠다. 그나마 위안이 되는 것은 울고 있는 저 들판의 새나, 비에 젖어 늘어진 실버들이나, 산마루에서 울고 있는 구름이나 다 비슷한 신세라는 것이다. 슬프고 힘들고 한 치 앞도 알 수 없는 삶 속을 헤쳐나가야 하는 것이 우리, 그리고 모든 존재의 숙명인가 보다.

삭주구성

물로 사흘 배 사흘
먼 삼천 리
더더구나 걸어 넘는 먼 삼천 리
삭주구성은 산을 넘은 육천 리요

물 맞아 함빡이 젖은 제비도
가다가 비에 걸려 오노랍니다
저녁에는 높은 산
밤에는 높은 산

삭주구성은 산 넘어
먼 육천 리
가끔가끔 꿈에는 사오천 리
가다 오다 돌아오는 길이겠지요

서로 떠난 몸이길래 몸이 그리워
임을 둔 곳이길래 곳이 그리워

못 보았소 새들도 집이 그리워
남북으로 오며 가며 아니 합디까

들 끝에 날아가는 나는 구름은
밤쯤은 어디 바로 가 있을 텐고
삭주구성은 산 넘어
먼 육천 리

삭주구성 🔍

삭주구성(朔州龜城)은 도대체 얼마나 먼 곳일까? 화자는 자신과 삭주구성과의 거리를 다양한 표현으로 제시한다. '물로 사흘 배 사흘'을 가는 '먼 삼천 리'를 간 뒤에 '더더구나 걸어 넘는 먼 삼천 리'를 지나야만 하는 곳이고, 걷는 중에 '산을 넘은 육천 리' 길이라고 말한다. 육천 리는 약 2400km 정도이니 상당히 먼 거리다. 한반도가 북쪽에서부터 남쪽까지 약 삼천 리 정도된다고 하니, 화자가 제시한 이 거리는 실제적인 거리는 아닐 것이다. 아마도 '삭주구성'이라는 곳이 그만큼 먼 곳이라는 일종의 심리적·정서적 거리를 이렇게 표현한 것이 아닐까.

그리워 🔍

그토록 멀기만 한 그곳을 화자는 왜 가고 싶어 할까? 4연에서 그 답을 찾을 수 있을 듯하다. 한마디로 말한다면 '삭주구성'은 화자가 그리워하는 곳이다. 그곳은 '서로 떠난 몸'이 있는 곳이고, 항상 그리워하는 '임'이 있는 곳이다. 정신과 육체의 합일을 통해 평화와 안식을 이룰 수 있는 공간이며, 사랑하는 임을 두고 온 공간이기도 하다. '새들'이 여기저기 돌아다니다가도 결국에는 '남북으로 오며 가며' 집을 찾아가는 것처럼, 화자에게도 집이 있는 곳이 바로 '삭주구성'이라고 볼 수 있다. 화자가 현재 구체적으로 어디에 있는지는 알 수 없지만, 삭주구성은 화자가 돌아가고자 하는 그리운 곳이고 지향하고 동경하는 장소임을 알 수 있다.

산	🔍

그렇다면 화자는 왜 삭주구성에 가지 못할까? 바로 산이 화자를 가로막고 있기 때문이다. 산은 하늘을 마음껏 날 수 있는 '제비'조차도 쉽사리 넘지 못하는 험한 곳이다. '저녁에는 높은 산 / 밤에 높은 산'이라 하여 저녁이나 밤이 되면 더욱더 높아지는 곳이다. 저녁이나 밤이 오면 집으로 돌아가고 싶은 마음이 더욱더 간절해지기 마련이다.

현재 화자와 삭주구성 간의 거리감이 실제 거리가 아닌 심리적인 거리감이라고 한다면, 화자가 삭주구성에 갈 수 없게 하는 '산' 역시도 실제 산이 아닌 화자가 삭주구성에 갈 수 없게 하는 일종의 심리적인 장애물로 볼 수도 있을 것이다.

5연의 '들 끝에 날아가는 나는 구름'은 화자에게 어떤 존재일까? 이어지는 시행들과 관련지어 본다면 두 가지 의미로 볼 수 있다. 마지막에 삭주구성이 얼마나 먼 곳인지 다시 한번 환기하는 '먼 육천 리'가 제시된다. 화자가 지금 쉽사리 삭주구성에 갈 수 없는 상황이라고 본다면 하늘에 떠서 자유롭게 자신이 가고 싶은 곳으로 갈 수 있는 구름은 화자의 처지와 대비되는 자연물이 된다. 그렇다면 구름은 화자가 삭주구성에 갈 수 없다는 체념과 비애감을 증폭시키는 존재로 볼 수 있다.

　다른 측면으로 '구름은 밤쯤은 어디 바로 가 있을 텐고'라는 시구는, 마치 화자가 구름과 함께 삭주구성에 가까이 가 있는 듯한 인상을 품게도 한다. 즉 구름을 화자와 동일시되는 자연물, 삭주구성을 지향하고 있음을 보여주는 자연물로도 볼 수 있을 것이다.

도대체 삭주구성은 어떤 곳이기에 시 속 화자가 계속 그리움을 외치고 있을까? 제목이 '삭주구성'이니 시에서 중요한 의미를 지닐 것 같긴 한데, 우리에게 선뜻 다가오는 말은 아니다.

'삭주구성'은 단순히 지명을 합쳐놓은 말이다. 평안북도 삭주군과 구성군. 북한 땅이니 우리에게 낯선 것이 당연하지만, 구성군은 소월이 태어나고 자란 고향이고 삭주군은 구성군에서 북쪽으로 그리 멀지 않은 거리에 위치한 곳이다. 그러니 '삭주구성'은 그에게 고향을 의미하는 것이 아닐까? 그렇다면 화자의 그리움은 충분히 이해가 된다. 고향은 언제나 누구에게나 그리움의 대상이니 말이다.

이러한 관점에서 시에 등장하는 거리를 실제 거리로 해석하기도 한다. 동경 유학 시절에 이 시를 썼다고 볼 때, '물로 가는 삼천 리'는 일본에서 한국까지의 거리이며, '걸어 넘는 삼천 리'는 한반도 남쪽 끝에서 고향까지의 거리가 되기 때문이다. 꿈에서 '사오천 리'로 거리가 줄어든 것은 꿈속에서나마 고향에 좀 더 가까워지고 싶다는 표현으로 볼 수 있겠다. 타향살이의 설움에 식민지 백성으로서의 설움까지 더한다면 고향이 그리운 것은 당연하기도 하다.

다만 이렇게 해석하는 것이 재미있는지는 모르겠다. 시를 꼭 산술적으로 읽어야 할 필요는 없지 않을까? 게다가 시 속 표현처럼 제비도 가지 못하고 꿈에서도 갈 수 없는 거리라고 하기에 '육천 리'는 짧지 않은가? 4연을 좀 더 들여다보자. 삭주구성은 임을 두고 온 곳이고 서로 떠난 곳이다. 이유야 어떻든 함께 떠나지 못했으니 마음의 거리는 더욱 멀어졌을 것이다. 나와 당신과의 마음의 거리. 이제 수치상의 거리는 의미가 없다. 다만 높은 산이 막고 있듯 먼 길만 남았을 뿐이다.

내 눈앞에 이별을 고하고 돌아서는 사람이 있다고 상상해 보자. 사랑했을 때의 거리야 얼마나 가까웠겠는가. 나와 그 사람 사이에는 어떤 물리적·정신적 거리도 없다고 착각하면서 사랑했을 것이다. 그러나 지금 떠나는 이 사람과의 거리는 어떤가? 사랑했던 그 시절로 돌아가고 싶어도 이제는 불가능한 일이다.

'삼천 리, 육천 리'를 과거와 현재의 시간적 거리로도 볼 수 있을 듯하다. 이미 삭주구성을 떠나 먼 거리(먼 시간)를 오는 동안 화자가 그리워하던 삭주구성은 과거가 되어버린다. 가끔 꿈에 떠오르는 옛날의 모습은 눈에 잡힐 듯 선명하고 가깝게 느껴지지만 깨어나면 사라지는 꿈일 뿐이다. 보고 싶은 가족, 사랑했던 임, 내가 행복했던 그 시절은 이제 지나가 버렸다. 다만 현재의 시점에서 과거를 그리워하고 추억할 수 있을 뿐이다. 다시는 돌아갈 수 없는 그 순간이기에 어떤 기억이든 아름답게 느껴지는지도 모르겠다. 정지용의 시 <고향>과 나란히 두고 다시 한번 읽어보고 싶은 시다.

고향에 고향에 돌아와도 / 그리던 고향은 아니러뇨. // 산꿩이 알을 품고 / 뻐꾸기 제철에 울건만, // 마음은 제 고향 지니지 않고 / 머언 항구로 떠도는 구름. // 오늘도 뫼 끝에 홀로 오르니 / 흰 점 꽃이 인정스레 웃고, // 어린 시절에 불던 풀피리 소리 아니 나고 / 메마른 입술에 쓰디쓰다. // 고향에 고향에 돌아와도 / 그리던 하늘만이 높푸르구나.

- 정지용의 <고향>

가는 길

그립다
말을 할까
하니 그리워

그냥 갈까
그래도
다시 더 한 번……

저 산에도 까마귀, 들에 까마귀
서산에는 해 진다고
지저귑니다.

앞 강물, 뒷 강물,
흐르는 물은
어서 따라오라고 따라가자고
흘러도 연달아 흐릅디다 그려.

화자가 '가는 길'은 어디일까? 아마도 사랑하는 사람과 이별한 후에 돌아가는 길이거나 혹은 어디론가 떠나는 길이었을 것이다. 사랑하는 사람과 이별후에 나선 길은 심적으로 괴로운 길이다. 온갖 후회와 아쉬움을 갖기 마련이다. '그냥 갈까' 체념했다가도, '다시 더 한 번' 무엇인가를 해봐야 하는 것은 아닐까 하는 미련이 남기도 한다.

말을 할까

우리는 평소에는 전혀 생각하지 않다가도 어떤 말을 입 밖으로 꺼내거나 머릿속으로 떠올릴 때 그 생각이나 느낌이 선명해지는 경우가 있다. '그립다 / 말을 할까 / 하니 그리워'라는 시구처럼.

'평소에는 별로 그리워하지 않았는데, 막상 그 말을 떠올리니 그리워졌네.'라고 볼 수도 있지만, 시의 전체적인 내용을 살펴보면 그렇지는 않은 듯하다. 그리운 마음이 커질까 봐 '그립다'는 말을 아꼈는데, 막상 헤어지게되어 '그립다'는 말을 하게 되니 그리운 마음이 더 커진다는 뜻이 아닐까?

그립고 아쉬운 마음은 시간을 더디게 흘려보낸다. 1연과 2연에서는 의도적으로 한두 단어를 한 행으로 배치하여 사랑하는 사람과 헤어져야 함에도 쉽사리 발길을 돌리지 못하는 화자의 심리 상태를 적절하게 표현하고 있다. 그러나 3, 4연은 1, 2연에 비해 행의 길이가 다소 길어지고 있는데, 이는 좀 더 다급한 느낌이 들게 하는 효과가 있다. 까마귀와 강물이 화자에게 어서 길을 떠나라고 재촉하는 내용을 시어의 배열을 통해 표현함으로써 시의 형식과 내용을 일치시키는 묘미를 발휘하고 있다.

따라오라고 따라가자고

이 시의 화자는 몇 명일까? 1~2연과 3~4연을 나누어 각각 다른 화자라고 생각해 보자. 그렇다면 1~2연은 사랑하는 사람을 쉽사리 떠나보내지 못하는 사람으로, 3~4연은 그런 사람을 어서 떨쳐버리고 싶어 하는 사람으로 생각해 볼 수 있지 않을까? 그러면 1~2연과 3~4연의 느낌이 달라지는 것을 쉽게 설명할 수 있다.

하지만 시의 화자가 하나라면 이 시의 마지막 부분은 고려가요 <가시리>의 화자 마음과 닮은 것 같다. <가시리>의 마지막 부분을 현대어로 옮기면 '사랑하는 임을 붙잡아 두고 싶지만 그대가 서운해하시면 영영 아니 돌아올까 두렵습니다. 서러운 임을 보내나니, 그대여 부디 가시는 듯 돌아오십시오.'이다. 떠나는 임을 끝까지 붙잡고 싶지만 행여 그 마음이 상대에게 부담을 주어 영영 돌아오지 않을까 염려하는 것이다.

'사랑'만큼 문학적 영감을 주는 단어가 있을까. 김소월 하면 '이별의 한'을 떠올리는 것도 그만큼 시인이 사랑과 이별을 다루는 시적 감각이 뛰어나기 때문일 것이다. 이 시의 1~2연이 특히 그렇다. 이 두 연의 여백이 매우 아름답다. 이보다 더 절절하게 사랑의 마음을 담을 수 있을까?

이 시의 화자는 사랑을 끝내고 싶은가 보다. 말 못 할 무슨 사정이 있을 것이다. 그리워질까 봐 그립다는 말도 못 한다. 그 사람을 놓아버리고 돌아서서 '그냥 갈까' 생각하지만 미련이 남는다. '다시 더 한 번……' 이 말줄임표 안에 구구절절한 말들이 이미 담겨 있다. 계속해 볼까, 고백할까, 얼굴만 보고 갈까, 진짜로 그만할까……. 어떤 말이든 안타깝다. 그리움과 미련 때문에 화자는 그 자리에서 한 발짝도 움직이지 못한다.

그래서 자연물이 조언을 하는 상황이 펼쳐진다. 서산에 해 진다고 지저귀는 까마귀는 냉철하게 조언해 주는 친구의 모습과 닮았다. 처음부터 이미 안 되는 사랑이었다고, 너희는 이루어질 수 없다고, 그러니 얼른 털고 가자고 얘기하는 친구. 흐르는 강물은 따뜻하게 위로의 말을 건네주는 친구 같다. 지금은 힘들겠지만 시간이 지나면 다 추억이 될 거라고, 내가 도와줄 테니 같이 이겨내 보자고 어깨를 토닥이는 친구.

하지만 결국 이 고통의 시간은 오롯이 화자 혼자 감당할 수밖에 없다. 그러다 보면 마음이 신호를 보내줄 것이다. 그때까지는 기다리는 수밖에 없다. '가는 길'은 눈앞에 쭉 펼쳐져 있는데 홀로 서 있는 화자의 모습이 눈앞에 선해서 더 슬픈 시다.

밭고랑 위에서

우리 두 사람은
키 높이 가득 자란 보리밭, 밭고랑 위에 앉았어라.
일을 필하고 쉬는 동안의 기쁨이여.
지금 두 사람의 이야기에는 꽃이 필 때.

오오 빛나는 태양은 내리쪼이며
새 무리들도 즐거운 노래, 노래 불러라.
오오 은혜여, 살아 있는 몸에 넘치는 은혜여,
모든 은근스러움이 우리 맘속을 차지하여라.

세계의 끝은 어디? 자애의 하늘은 넓게도 덮였는데,
우리 두 사람은 일하며, 살아 있어서,
하늘과 태양을 바라보아라, 날마다 날마다도,
새라새로운 환희를 지어내며, 늘 같은 땅 위에서.

다시 한번 활기 있게 웃고 나서, 우리 두 사람은
바람에 일리우는 보리밭 속으로

호미 들고 들어갔어라, 가지런히 가지런히,

걸어 나아가는 기쁨이여, 오오 생명의 향상이여.

필하고 마치고.

새라새로운 새롭고 새로운. 여러 가지로 새로운.

일리우는 이리저리 흔들리며 움직이는.

두 명의 농부가 키 높이 가득 자란 보리밭에서 일을 하다가 일을 잠깐 그치고 밭고랑 위에서 이런저런 이야기를 나누며 앉아서 쉬고 있다. 구름 한 점 없이 맑은 날씨에, 새들이 지저귀며 날고, 이야기를 나누고 있는 두 사람의 표정 속에 그들의 즐거운 마음이 한가득 묻어 있다.

고개를 문득 들어 위를 바라보는 두 사람. 눈이 부시게 빛나는 태양과 함께 끝이 어디인지도 알 수 없을 정도로 끝없이 펼쳐진 파란 하늘은 신의 축복이라 느낀다. 환한 미소를 짓은 두 사람은 이제 쉬는 것을 멈추고 함께 보리밭 속으로 일하러 가지런히 걸어 들어간다.

보리밭 　　　　　　　　　　　　　　　　

이 시를 읽다 보면 농촌의 들판에서 활짝 웃으며 일하고 있는 농부들의 모습을 찍은 한 장의 사진이 떠오른다. 파란 하늘 속에서 눈이 부시게 빛나는 태양과 푸른 보리밭이 시원하면서도 풍성한 이미지를 선사한다. 배경이 되는 새들의 노랫소리는 밝고 경쾌하다. 소월의 다른 작품에서 보이는 그리움이나 고독감, 애잔함이 전혀 느껴지지 않으며, 마치 각종 신선한 야채와 몸에 좋은 곡식들이 곁들여 있는 건강식을 먹는 듯한 느낌을 준다.

기쁨이여

농부의 삶은 예나 지금이나 보람 있고 고귀한 일이지만 고단하고 어려운 것임이 분명하다. 하지만 이 시의 화자에게 농사일은 매우 큰 기쁨인가 보다. 화자는 다양한 방법을 동원하여 농사짓는 일의 기쁨을 표현하고 있다. '앉았어라, 기쁨이여, 불러라, 오오'라는 표현들은 보리밭 위에서 일을 잠깐 쉬고 있는 그 짧은 동안의 기쁨과 벅찬 감동을 여실히 드러내 보인다. 심지어 그것을 마치 신이 주신 선물인 것처럼 '살아 있는 몸에 넘치는 은혜여!'라고 표현할 정도로 화자에게 농사일은 행복한 일인 것이다.

또한 '하늘과 태양을 바라보아라, 날마다 날마다도', '호미 들고 들어갔어라, 가지런히 가지런히'에서처럼 의도적으로 문장의 순서를 바꾸고 같은 말을 두 번 반복한 것은, 땀 흘려 일할 수 있는 것에 감사하는 마음과 자신들이 '생명의 향상'을 위해 일하고 있는 것에 대한 자부심을 드러내려는 의도로 볼 수 있을 것이다.

이 시에서는 각 연마다 '우리'라는 말을 사용하여 혼자가 아님을 강조하고 있다. 그렇다면 '우리 두 사람'은 누구를 말하는 것일까? 함께 농사를 짓는 농부 두 명이라고 언뜻 생각할 수 있다. 시의 상황은 힘든 일을 서로 거들고 품을 교환하는 품앗이의 한 모습이고, 이들은 함께 일도 하고 기쁨과 슬픔도 나누는 가족같이 친한 사이로 보인다.

하지만 시의 내용을 찬찬히 살펴보면 '부부'로도 볼 수 있을 것 같다. 꽃다운 이야기를 다정하게 나누거나 마음속으로 서로의 생각을 함께 나누는 모습, 다시 일하러 들어갈 때도 가지런한 모습 등에서 부부의 이미지가 떠오르기 때문이다.

세상에 일하는 것을 좋아하는 사람이 얼마나 될까? 학생이든 직장인이든 별반 다르지 않을 것이다. 오죽하면 '월화수목금퇼(주말은 금방 간다는)'이라는 이야기까지 있겠는가. 그러니 대부분의 사람들은 일하는 것보다는 쉬는 것을 더 바란다고 하겠다.

그런데 이 시는 조금 다른 관점이다. 1연의 두 사람은 휴식을 취하며 기쁨을 느끼고 있다. 그리고 5연에서 두 사람은 호미 들고 일하러 들어가면서도 기쁨을 느끼고 있다. 생각해 보면 노동과 휴식 중 즐거운 것은 당연히 휴식일 것이다. 하지만 둘의 관계는 그렇게 단순하지는 않다. 우리가 기계가 아닌 이상은 계속 노동만 할 수는 없으며, 거꾸로 휴식이 꿀맛 같겠지만 노동 없는 휴식이 과연 즐거울까?

현대인들은 만성 스트레스 상태니 일주일이나 한 달 정도 휴식을 취하는 것은 즐거울지도 모르겠다. 하지만 1년, 2년, 더 긴 시간을 계속 쉬라고 하면 좋아할 사람은 많지 않을 것이다. 손가락만 빨고 살 수는 없는 노릇이니 말이다. 그러니 노동에는 휴식이 필요하고, 휴식이 의미 있으려면 노동이 있어야 하는 것이다. 그렇다면 시인의 말처럼 노동 자체를 즐겁게 받아들이면 더 좋지 않을까? 일도 기쁘고 휴식도 기쁠 테니 말이다.

이런 노동의 기쁨을 아는 '두 사람'에게 자애의 하늘은 빛나는 햇빛을 비추고 새는 즐겁게 노래한다. 생각해 보면 삶이라는 것이 어떨 때는 꽤 단순하다. 5년 뒤, 10년 뒤 내 모습도 중요하겠지만 지금 눈앞의 하루가 가장 중요하지 않을까?

미래의 행복을 위해 오늘 불행해야 한다는 말은 참 모순적이다. 그래서 '두 사람'은 오늘 열심히 기쁘게 일한다. 그리고 살아 있음을 느낀다. 또 내일도 모레도 이 환희와 은혜를 느끼고 싶을 뿐이다. 그리고 그들은 노동을 함으로써 '생명의 향상'을 느낀다. 우리는 보통 '보리가 자란다'고 말하지 '향상한다'고 말하지는 않는다. '향상'은 사람에게 쓰는 말이다. 고된 노동이 나를 갉아먹는 것이 아니라 나를 더 나아지게 한다는 인식. 화자가 농부인 줄 알았는데 철학자인가 보다. 하긴 소월은 농부이자 시인이었으니 멀리가지 않아도 되겠다.

덧붙이자면, 내리쬐는 태양과 함께하는 반복되는 농사일만큼 긍정적인 몰입이 가능한 일이 있을까 싶다. 햇빛은 사람을 활기차게 한다. 우울할 때는 낮에 그냥 나가서 햇빛을 맞아볼 일이다. 목적지 없이 걸으면 더 좋다. 게다가 단순 반복되는 일은 생각을 잊게 한다. 고민이 많거나 힘들 때는 잠시 생각을 쉬는 게 나을 수도 있다. 농사일은 이 두 가지를 다 갖춘 듯하다. 주변의 복잡하고 힘든 일들을 잠시 잊고 태양의 에너지를 얻는 시간. 소월에

게나 우리에게나 필요한 시간이지 않을까? 생명력만 넘치는 것이 아니라

교훈도 넘치는 시다.

서도여운 - 옷과 밥과 자유

공중에 떠다니는
저기 저 새여
네 몸에는 털 있고 깃이 있지.

밭에는 밭곡식
논에 물벼.
눌하게 익어서 수그러졌네.

초산 지나 적유령
넘어선다.
짐 실은 저 나귀는 너 왜 넘니?

눌하게 누렇게.

서도의 풍경 🔍

이 시는 서너 가지의 풍경을 묘사하고 있다. 1연에서는 화자가 '공중에 있는 새'를 올려다보고 있다. 당연히 새는 털과 깃을 가지고 있으며 이것들을 이용하여 하늘을 자유로이 날 수 있을 것이다. 2연에서는 '밭과 논'을 바라보고 있다. 시간적인 배경은 가을인 듯하다. 왜냐하면 '밭곡식'과 '물벼'가 누렇게 익어서 고개를 숙이고 있기 때문이다. 3연에서는 '험한 고개를 넘고 있는 나귀'를 바라보며 답을 주지 않을 질문을 나귀에게 한다. 나귀의 등에는 짐이 실려 있다.

이 시에는 화자가 표면적으로 등장하지는 않는다. 다만 화자가 바라보고 있을 법한 풍경을 우리에게 제시하고 있을 뿐이다.

옷과 밥 🔍

이 시의 제목에 들어 있는 '옷과 밥'은 인간다운 삶을 살아갈 수 있게 해주는 기본적인 것들이다. 시의 제목과 각 연에 쓰인 제재를 가만히 살펴보면, 옷은 새와 연관되고 곡식은 밥과 연관되어 있음을 알 수 있다. 여기서 우리

가 주목해 봐야 할 것은 보조사 '은/는'이다. 1연의 '네 몸은'과 2연의 '밭에
는', '논에(는)'에는 각각 '은/는'이라는 대조의 의미를 갖는 보조사가 사용
되었다. 이는 화자의 처지와는 반대되는 상황에 처해 있는 사물이라는 것을
이야기하고 있다. 즉 새는 '털과 깃'이라는 옷이 있고, 밭에는 누렇게 익은
곡식들이 있지만, 화자는 이것이 없거나 결핍된 상태임을 나타낸다고 볼 수
있는 것이다.

나귀	Q

3연에 등장하는 '나귀'는 제목의 '자유'와 연관되어 있다. 적유령은 평안북
도 초산을 지나 강계 근처에 있는 큰 고개인데 높이가 수백 미터에 이른다
고 한다. 사람은 그냥도 넘기 힘든 고개를 나귀는 무거운 짐을 등에 짊어지
고 넘는다. 이 나귀를 향해 화자는 '너 왜 넘니?'라는 질문을 던진다. 당연히
나귀는 답을 할 수 없겠지만 우리는 답을 알고 있다. 이 짐승은 단지 주인이
이끄는 대로 지워주는 짐을 싣고 고달픈 길을 나섰을 따름인 것이다. 즉 자
신의 의지와는 상관없이 타의에 의해 무거운 짐을 싣고 험한 고개를 넘는
'나귀'의 삶은 '자유'가 없는 화자의 삶과 동일한 것이 된다.

이 시의 제목에 나타난 세 항목을 각 연의 제재에 순서대로 대응해 볼 때, 우리는 화자가 헐벗고 굶주리고 있으며, 자유롭지 못한 상태에 있다는 것을 알 수 있다. 시 속에 등장하는 화자와 시인의 삶은 엄연히 구별되고 모든 시를 반드시 시대적인 배경과 관련지어 해석할 수는 없다.

하지만 1920년대 시인의 삶과 당시의 시대 상황에 비추어 시의 맥락을 짐작해 본다면, '털과 깃'을 가지고 있는 '새'는 '옷'을 가지지 못한 상황과 대비되고, 무르익는 '곡식과 벼'는 먹을 것이 부족한 상황과 대비되고 있다고 볼 수 있다. 또한 자신의 의지와는 상관없이 무거운 짐을 지고 길을 나선 '나귀'는 '자유'를 잃은 채 고단한 삶을 살아가는 화자의 모습을 유추할 수 있게 한다.

'서도여운(西道餘韻)'에서 '서도'는 황해도와 평안도를 이르는 말이고, 여운
은 '아직 가시지 않고 남아 있는 운치'라는 뜻이다. 시인이 황해도와 평안도
를 다니면서 쉽게 사라지지 않는 어떤 느낌을 받았나 보다. 부제가 '옷과 밥
과 자유'인 것으로 보아, 아마도 시인에게 남아 있는 그 느낌은 사람들의 삶
과 관련이 있어 보인다.

  소월의 눈에 비친 사람들은 아등바등 힘겹게 살아가고 있는 모습이 아니
었을까? 제대로 입지도 못하고 가난하게 사는 사람들을 보고 나서 하늘의
새를 보니 새가 더 나아 보인다. 한낱 미물이 인간보다 낫다니…… 비참할
뿐이다. 먹을 것이 없어 굶주리는 사람들을 보고 나서 밭에 잘 익은 곡식들
을 보니 또 비참하다. 태양과 바람과 물이 키운 곡식인데 주인이라고 버티
고 앉은 놈만 먹을 수 있으니 이게 맞는 일인가. 울적한 기분으로 초산을 지
나 적유령을 넘어가다 헉헉거리는 나귀를 본다. 나귀 등에 짐이 잔뜩 실려
있다. 갑자기 화자가 보았던 사람들이 떠오른다. 가진 것이라고는 몸뚱이
하나밖에 없어, 가라면 가고 일하라면 일해야 하는 저 사람들. 당장이라도
쓰러질 것같이 살아가는 저 사람들. 비참한데 해줄 수 있는 것이 없어 더 슬
프다.

  그런데 왜 하필 자유와 나귀가 가장 마지막일까? 화자가 본 보통의 사람

들은 나름대로 열심히 살아보려고 노력하고 있었을 것이다. 옷이라도 한 벌 해 입으려 매일 품을 팔아 적은 돈이라도 벌려 했을 것이고, 쌀 한 되라도 받으려 남의 논밭 일도 가리지 않고 했을 것이다. 그러면 자유는? 자유를 위해서 무언가를 하는 사람을 만날 수 있었을까? 옷과 밥 문제를 해결한다 하더라도 자유를 되찾지 못한다면 결국 화자도 사람들도 나귀와 다를 바 없지 않을까.

길

어제도 하룻밤
나그네 집에
까마귀 가왁가왁 울며 새었소.

오늘은
또 몇십 리
어디로 갈까.

산으로 올라갈까
들로 갈까
오라는 곳이 없어 나는 못 가오.

말 마소 내 집도
정주 곽산
차 가고 배 가는 곳이라오.

여보소 공중에

저 기러기
공중엔 길 있어서 잘 가는가?

여보소 공중에
저 기러기
열십자 복판에 내가 섰소.

갈래갈래 갈린 길
길이라도
내게 바이 갈 길은 하나 없소.

정주 곽산 김소월이 태어난 곳.
바이 다른 도리 없이 전연. 아주.

'나그네 집'은 재미있는 표현이다. 시집 《진달래꽃》에는 띄어쓰기를 하지 않고 '나그네집'으로 되어 있다. 시인은 '나그네가 사는 집'이라는 의미가 아니라 '나그네가 머무는 집', 즉 '여관'의 뜻으로 쓴 것이다. 그러면 왜 여관 이라는 말을 놔두고 굳이 '나그네집'이라는 표현을 사용했을까?

　조선 시대에는 '여관'이라는 말은 없었다. 그러다 개항 이후 여관이 등장 하게 되고, 1910년대 이후 일제의 식민정책으로 인한 도시의 발달과 함께 여관이 급격히 발달하게 되었다. 아마 소월에게 여관이라는 단어는 일제와 함께 들어온 단어로 인식되지 않았을까? 자기 시에서 그런 단어를 사용하 고 싶지 않았을 것 같다.

1연에서 까마귀가 울면서 날을 새고 있다. 왜 그럴까? 그 이유를 알 수는 없 지만, '울면서'에서 힘들고 슬픈 심정을 읽을 수 있다. 또 날을 샜다는 것은 고민과 생각이 많아 잠을 이루지 못하는 상황을 미루어 짐작하게 한다. 까마귀를 의인화하여 화자의 감정을 대신 드러내는 표현, 즉 감정이입으로 볼 수 있을 것이다.

화자는 정처 없이 떠돌고 있다. 고향에도 갈 수 없는 상황에 고민도 많고 서글프기도 할 것이다. 시인은 이러한 화자(주체)의 감정을 까마귀(사물)의 심정에 빗대어 표현하고 있다.

저 기러기

시에서는 사물의 특징이나 모양, 행동 등에 의미를 부여해서 화자의 감정을 간접적으로 드러내는 경우가 많다. 객관적으로 감정과 관련 없이 존재하던 사물이 화자에게 어떠한 감정을 떠오르게 하는 '상관'을 갖게 하는 사물이 되는 것인데, 이를 '객관적 상관물'이라고 한다.

5, 6연에 나오는 기러기를 보면, 고향에도 가지 못하는 '나'와 다르게 아무런 구속 없이 날아가고 있다. 이때 기러기는 감정과는 아무 관련이 없다. 있어도 '나'가 알 수는 없는 노릇이다. 그런데 화자의 처지와 비교하면 너무 부러운 대상이 된다. 이 기러기는 화자에게 부러움이나 고향에 대한 그리움을 떠올리게 하는 '객관적 상관물'인 셈이다.

갈래갈래 갈린 길

'나'의 몸은 길 위에 서 있지만, 어디로도 갈 수 없는 비참한 상황이다. 열십자의 한복판에서 마음만 먹으면 동서남북 어디로든 갈 수 있다. 하지만 문제는 어디로 가든 희망이 보이지 않는다는 것이다. 그렇기에 어디로도 갈 수가 없다. '길'이라는 단어가 이렇게 무겁게 다가오는 작품은 흔치 않을 것 같다.

'길'은 시에서 많이 사용되는 소재 가운데 하나이다. 시작과 끝이 있고, 무수히 많은 갈래가 존재하고, 오르막과 내리막이 있다는 점에서 인간의 삶과 비슷하기 때문이다.

주의를 둘러보면 수많은 사람이 자신만의 꿈이나 좀 더 나은 삶을 위해 열심히 걸어가고 있을 것이다. 좋은 대학의 길, 행복의 길, 부자가 되는 길, 성공하는 길…….

소월 역시 마찬가지였을 것이다. 멋진 시인이 되고 싶고, 좋은 남편이 되고 싶고, 돈 잘 버는 가장이 되고 싶지 않았을까? 그런데 세상은 소월에게 그리 따뜻하지는 않았던 것 같다. 어린 시절 아버지의 사고부터 생의 마지막까지 그의 앞에는 꽃길보다는 가시밭길이 더 많았다. 그래서 이 시도 너무 안타깝고 막막하다. 화자에게는 가야 할 방향이 보이지 않는 것 같다. 불러주는 곳도 없고 갈 수 있는 곳도 없다. 고향조차 갈 수 없다면 도대체 어디로 가야 한다는 말인가. 그러니 공중에 날고 있는 기러기가 부러울 수밖에 없었을 것이다. 기러기는 그래도 어딘가를 향해 날아가고는 있으니까.

화자는 '갈래갈린 갈린 길'이 나 있는 '열십자 복판'에 서 있지만, 그가 가고 싶고 가야 할 길은 없다. 걸음을 옮길 목적지가 없다는 것은 너무 슬프고 절망적이다.

바라건대는 우리에게
우리의 보섭 대일 땅이 있었더면

나는 꿈꾸었노라, 동무들과 내가 가지런히
벌 가의 하루 일을 다 마치고
석양에 마을로 돌아오는 꿈을,
즐거이, 꿈 가운데.

그러나 집 잃은 내 몸이여,
바라건대는 우리에게 우리의 보섭 대일 땅이 있었더면!
이처럼 떠돌으랴, 아침에 저물손에
새라새로운 탄식을 얻으면서.

동이랴, 남북이랴,
내 몸은 떠가나니, 볼지어다,
희망의 반짝임은, 별빛이 아득임은.
물결뿐 떠올라라, 가슴에 팔다리에.

그러나 어쩌면 황송한 이 심정을! 날로 나날이 내 앞에는
자칫 가느른 길이 이어가라. 나는 나아가리라

한 걸음, 또 한 걸음. 보이는 산비탈엔
온 새벽 동무들 저 저 혼자…… 산경을 김 매이는.

저물손 저물녘.

아득임 '아득이다'의 명사형. '아득이다'는 '힘에 겹고 괴로워 요리조리 애
쓰며 고심하다.'라는 뜻을 가진 동사이지만, 여기서는 '별빛이 아른거
림'을 뜻한다.

산경(山耕) 산비탈에 있는 밭.

김홍도의 〈논갈이〉

'보습'의 뜻을 사전에서 찾아보면, '따비·쟁기·극쟁이 등의 술바닥에 박아
사용하는 쇳조각으로 된 삽 모양의 연장으로 땅을 갈아서 흙덩이를 일으키
는 데 사용한다.'라고 나와 있다. 농경문화를 대표하는 농기구인 쟁기의 핵
심적인 장비로 사람이나 소가 앞에서 쟁기를 끌면서 땅을 쉽게 갈 수 있는

도구라고 생각하면 된다. 예전에는 젊은 남성의 혼인 자격 유무를 쟁기질을 올바로 할 수 있는가 하는 데에 두기도 했다고 한다. 게다가 쟁기를 능숙하게 다룰 줄 모르는 머슴은 다른 일을 아무리 잘해도 새경을 다 받지 못했다고 하니, 우리 조상들이 농사일을 얼마나 중요하게 생각했는지는 짐작할 수 있을 것이다.

'보습 대일 땅'이라는 것은 농사지을 수 있는 땅을 의미한다. 그것이 없다는 것은 농사짓기 좋은 땅들이 이미 일본인들 손으로 넘어간 당시 상황을 나타낸다.

그러나	🔍

글을 독해할 때 접속어가 중요한 역할을 하는 것처럼 시에서도 접속어가 중요한 역할을 하는 경우가 있다. 그중 '그러나'는 일반적으로 시의 내용을 전환해 주는 역할을 한다. 이 시에서는 '그러나'가 2연과 4연의 시작 부분에 사용되었다.

1연의 희망으로 가득 찬 꿈이 2연에서 집 없는 현실을 깨달으며 시상이 전환된다. 그리고 2, 3연에서의 부정적인 현실에 대한 인식은 4연에서 미래에 대한 희망을 다짐하며 다시 전환되고 있다. 즉 '희망 - 절망 - 희망'의 구조로 시의 형태적 특징을 파악할 수 있는 것이다.

나는 나아가리라

김소월 하면 흔히 전통적 한의 정서가 드러나는 시나 여성적 어조로 노래하는 시를 떠올린다. 하지만 이 시를 보면 그가 현실의 문제에도 관심이 있었음을 알 수 있다. 그 역시 나라를 빼앗긴 망국민이었으며, 가족을 부양하기 위해 하루하루를 힘겹게 살아가는 사람이었던 것이다.

현실에서는 비록 원하는 부와 여유로운 삶을 얻지 못했지만 그의 정신만큼은 결코 포기하지 않았던 것 같다. '날로 날날이 …… 나는 나아가리라'라고 이야기하고 있으니 말이다.

동무들

이 시에서 개인적으로 눈에 띄는 단어를 꼽자면 '동무들'이다. 김소월의 많은 작품이 개인의 감정에 초점이 맞추어져 있다면, 이 시는 제목에서부터

‘우리’를 이야기하고 있기 때문이다. 그리고 이 ‘우리’는 ‘동무들’로 연결된다. 시의 내용으로 본다면 이들은 ‘같이 농사짓는 동무’, 즉 ‘농부들’이라고 해석하면 될 것이다. 소월이 농사에 관심이 많았다는 사실도 이러한 해석을 뒷받침한다.

그런데 농경 중심 사회였다는 점과 땅과 나라를 잃고 떠돌던 유랑민이 많았다는 시대적인 상황을 고려한다면 이 ‘동무들’을 우리 민족이라고 볼 수도 있겠다.

여행은 항상 설렘을 동반한다. 나를 잔뜩 누르고 있던 무언가를 훌쩍 벗어 던질 수 있는 시간이니까. 차를 타고 떠나도 좋고, 기차를 타고 떠나도 좋고, 비행기는 더더욱 좋다. 그렇게 며칠씩 처음 가보는 낯선 곳에 머물며 새로운 경험을 하다 보면 삶이 조금은 더 풍성해진 것 같은 자기만족도 생긴다. 그러니 보통 돌아오는 길은 항상 발걸음이 무겁거나 아쉬운 마음이 컸던 것 같다. 그런데 시간이 지나면서 달라진 것이 하나 있다. 짧은 기간은 괜찮은데 타지에 머무는 기간이 길어지다 보면 집 생각이 조금씩 나기 시작한다. 그냥 그립다.

내 집에서 잠깐 떠나도 그러한데 나라를 잃은 마음은 과연 어떨까? 짐작도 가지 않는다. 여행과 관련지어 이야기하면 이럴 것 같다. 내가 원하지도 않았는데 갑작스럽게 어딘가로 떠나게 된 당혹감. 떠나는 날은 너무 급하게 정해졌는데 돌아오는 날은 언제일지, 어디로 가야 할지 아무도 알려주지 않는 막막함. 떠나고 보니 나를 둘러싸고 있는 모든 것들이 바뀌어버리고 돌아갈 곳이 사라져버린 절망감. 시인도 이런 기분을 느끼지 않았을까?

소월의 삶은 그리 순탄하지 않았다. 문학적으로는 인정받았을지 모르나 가장으로서의 삶이나 경제적인 부분에서는 계속 실패를 거듭했고, 나라를 잃은 서러움까지 더해져 더욱 사무쳤을 것이다. 아마 일이 잘 풀리지 않을 때마다 '나에게 농사지을 내 땅이 있었더라면…….' '내가 경제적으로 궁핍하지만 않았더라면…….' '우리가 일본에게 나라를 빼앗기지 않았더라면…….' 같은 생각을 하지 않았을까? 그런 시인에게 비슷한 처지의 농부들이나 우리 민족의 삶은 더욱 와닿았을 것이다.

다행인 것은 이 시의 화자가 결코 포기하고 있지 않다는 점이다. 비록 가느다란 길이지만 끝까지 이어갈 것이고, 그 길을 따라 한 걸음 한 걸음 나아갈 것이라 말하고 있다. 넓은 논에 쟁기질을 시작하면 땅이 뒤집히면서 가느다란 길이 생긴다. 물론 논 전체로 보면 아주 작고 가느다란 길이지만, 모든 농사일이 다 그렇듯이 묵묵히 쟁기질을 하다 보면 언젠가는 끝나기 마련이다. 게다가 주위를 둘러보니 포기하지 않은 동무들도 보인다. 기름지고 좋은 논을 빼앗겼지만 이에 굴하지 않고 산비탈의 험한 곳이라도 다시 개간하는 모습 말이다. 혼자 가는 길은 아니니 조금은 덜 외로울 것 같다.

부모

낙엽이 우수수 떨어질 때,
겨울의 기나긴 밤,
어머님하고 둘이 앉아
옛이야기 들어라.

나는 어쩌면 생겨 나와
이 이야기 듣는가?
묻지도 말아라, 내일 날에
내가 부모 되어서 알아보랴?

부모와 자식 간의 관계는 '천륜(天倫)'이라고 한다. 하늘이 정해준 인연이라는 말이다. 세상일이 다 내 마음대로 되는 것은 아니지만 그래도 마음을 먹고 노력하면 어떤 식으로든 근접하기 마련이다. 그러나 부모를 고를 수 있는 자식은 없고 자식을 고를 수 있는 부모 또한 없다. 그렇게 만나 인생의 절반 이상을 함께 살아가는 질긴 인연이 '부모와 자식' 사이다.

시의 제목은 '부모'이지만 시에서는 어머님만 등장한다. 시인의 삶을 들여다보면, 김소월의 아버지는 시인이 두 살이던 1904년 철도 공사장의 일본인들에게 무자비한 폭행을 당하고 근 한 달을 의식불명 상태에 있었다. 그러다 다행히 깨어나긴 했지만 깨어난 후에는 정신이상자가 되어 평생을 폐인으로 살다 죽었다. 그러니 시인에게는 아버지의 존재가 부재에 가까웠을 것이다.

그리고 '어머님'에는 숙모인 계희영의 모습이 겹치기도 한다. 시인이 네 살 때 시집온 숙모에게 새엄마라고 부르며 좋아했다는 이야기나, 숙모에게 많은 설화와 소설을 들으면서 성장한 삶의 과정을 볼 때, 둘이 앉아 옛이야 기를 나누는 시의 상황이 예사롭지는 않다.

노래 〈부모〉   🔍

김소월의 시는 노래로 많이 만들어졌다. 1990년에는 '김소월 시노래 모음' 이라는 앨범에 13편이 곡으로 수록되었으며, 2010년에는 '김소월 프로젝 트'라는 이름으로 14편이 앨범에 수록되었다. 이렇게 소월의 시가 예술가 들에게 사랑받는 이유는 무엇일까? 시인이 끊임없는 고민의 과정을 거쳐 만들어낸 시어들과 운율(민요적 가락)이 그 원천이지 않을까 싶다.

이 시 역시 1969년에 서영은 작곡가에 의해 처음 노래로 만들어졌다. 지 금도 어버이날이면 종종 라디오에서 흘러나올 정도로 많은 사람에게 사랑 받는 노래이다.

내가 부모 되어서 알아보랴?

이 시의 마지막 행은 노래로 만들어질 때 '내가 부모 되어서 알아보리라.'
로 수정되었다. 어미만 바뀐 것이지만 의미의 변화는 한번 생각해 볼 만하
다. 어미 '-랴'는 '사리로 미루어 판단하건대 어찌 그러할 것이냐고 반문하
는 뜻을 나타내는 종결어미'다. 예를 들어 '네가 돈을 번다면 얼마나 벌랴?'
라는 말은 '너는 돈을 얼마 벌지 못한다'는 생각이 깔려 있는 것이다. 그렇
게 보면 '내가 부모 되어서 알아보랴?'는 '내가 부모가 되어서 알아볼 필요
가 없다'는 뜻에 가깝다. 이는 알아보기 싫다는 말이 아니라 굳이 알아볼 필
요 없이 당연한 일이라는 말이다.

우리 속담 중에 '내리사랑은 있어도 치사랑은 없다.'라는 말이 있다. 윗사람이 아랫사람을 사랑하기는 쉬워도 아랫사람이 윗사람을 사랑하기는 좀처럼 어렵다는 뜻이다.

학생들과 5월 초에 수업을 할 때면 버릇처럼 부모님의 소중함에 대한 이야기를 하면서 분위기를 어색하게 만들곤 했다. 그래도 교사로서의 직업의식을 나름 열심히 발휘하여 "오늘은 꼭 집에 가서 부모님께 감사하다는 말이나 사랑한다는 말을 전하세요."라고 마무리를 했다. 그런데 자식을 키우게 되면서 어느 순간 아차 싶은 생각이 들었다. 스스로를 돌아보니, 막상 나도 부모님 앞에 가서는 부끄럽기도 하고 굳이 말을 해야만 알 수 있나 하는 생각으로 감사하다거나 사랑한다는 말을 하지 않는 것이었다. 그런 내가 자식에게는 끊임없이 사랑한다는 말을 하고 있는 모습을 보면서 내리사랑이라는 말을 뼈아프게 체험해 버리고 말았다.

소월 역시 자녀를 낳고 부모가 되었을 때 나와 비슷한 감정을 느끼지 않았을까? 그의 험난한 어린 시절을 생각해 보면 부모에 대한 기억이 마냥 행복하지만은 않았을 것이다. 시대야 다르지만 소월에게도 사춘기라고 부를 만한 정서적 혼란기가 분명히 존재했을 터이고, '왜 나는 이런 환경에서 태어났을까.' 하는 원망 어린 마음도 들었을 것이다. 지금 우리에게야 훌륭한 시인으로 보이지만 그 역시 질풍노도의 청소년이었을 것이니 말이다.

　하지만 자식을 낳고 기르면서 소월도 천천히 깨닫기 시작했을 것이다. 부모의 존재와 그 사랑의 크기를. 어떤 부모가 자식을 힘들게 하고 싶겠는가. 자식이 아픈 모습을 보면 차라리 본인이 아팠으면 하는 마음으로 사는 것이 부모인데…….

산유화

산에는 꽃 피네
꽃이 피네
갈 봄 여름 없이
꽃이 피네

산에
산에
피는 꽃은
저만치 혼자서 피어 있네

산에서 우는 작은 새여
꽃이 좋아
산에서
사노라네

산에는 꽃 지네
꽃이 지네

갈 봄 여름 없이
꽃이 지네

갈 가을.

산유화   🔍

이 시의 제목인 '산유화(山有花)'는 꽃 이름이 아니라 '산에 있는 꽃' 혹은
'산에 피는 꽃' 정도의 의미다.

　산에서 피는 꽃들은 대부분 무리 지어 피기 마련이다. 혹은 홀로 피어 있
다고 하더라도 다른 식물들과 함께 존재하는 것이 보통이다. 그렇다면 '산유
화'는 실제 꽃이라기보다는 일종의 관념적인 이미지로 볼 수 있다. 즉 숙명
처럼 탄생과 소멸을 겪게 되는 이 세상의 모든 생명체가 바로 '꽃'인 것이다.

저만치 혼자서   🔍

꽃이 '저만치 혼자서' 피어 있다. 이는 화자와 대상과의 거리감을 나타낸다.
이 거리감은 실제 공간적 거리라기보다는 꽃을 바라보는 화자의 심리적인
거리이자, '꽃과 꽃' 혹은 '꽃과 인간'이라는 존재들이 숙명적으로 지닐 수
밖에 없는 거리를 의미하는 것이다. 이는 결국 혼자일 수밖에 없는 모든 존
재의 고독한 모습을 상징한다고 볼 수 있다.

작은 새

화자는 시적 대상인 '꽃'과 '작은 새'를 담담하게 바라보고 있다. 이런 자세를 '관조적'이라고 한다. 화자는 '꽃'을 바라보면서 '꽃(이) 피네', '피어 있네', '사노라네', '꽃이 지네'라고 표현한다. 종결어미인 '-네'는 주로 혼잣말이나 지금 깨달은 일을 서술하는 데 쓰이는 말로 감탄의 뜻을 드러내기도 한다. 이 시에서는 '-네'라는 종결어미를 통해 꽃이 피고 지는 현상을 담담하게 서술하고 있다. 꽃이 피고 지는 일은 그렇게 놀랄 일도 대단히 신비로운 자연현상도 아니라는 인식이 깔려 있다고 볼 수 있다.

꽃이 지네

이 시는 1, 2연과 3, 4연의 대칭적 구조를 이룬다. 마치 미술의 데칼코마니처럼 2연과 3연 사이를 반으로 포개 접으면 그 모습이 완벽하게 닮아 있다. 꽃이 피는 1, 2연과 꽃이 지는 3, 4연의 구조는 운율적 효과뿐만 아니라 자연현상의 순환을 강조하는 효과가 있다. 사시사철 꽃이 피고 지는 모습을 간결하게 표현하고 있다.

태어남과 죽음. 이는 생명을 가진 모든 존재들이 반드시 겪어야만 하는 숙명이다. 그렇기 때문에 예로부터 인간은 오래 사는 동식물들을 동경했고, 역사 속의 수많은 인물이 불로장생을 꿈꾸었을지도 모른다. 하지만 현실에 존재하는 모든 생명체는 언젠가는 사라지기 마련이다.

가족, 연인, 친구 등 우리는 수많은 사람과 다양한 관계를 맺으며 살아간다. 때론 그들에게서 위안을 받으며 이 세상을 살아갈 힘을 얻기도 하고, 때로는 그들과 다투거나 그들에게 실망하여 멀어지기도 한다. 하지만 아무리 좋은 관계를 맺고 있는 사이라 하더라도, 자신의 전부를 내어줄 수 있을 정도로 소중한 사람이라고 해도, 심지어 부모와 자식 또는 사랑으로 맺어진 사이라 하더라도 대신해 줄 수 없는 것이 있다. 바로 태어남과 죽음이다. 누구를 대신해서 태어날 수 없는 것처럼 누구를 대신하여 죽을 수도 없는 것이다.

그렇게 본다면 생명이 있는 모든 존재는 결국 외로울 수밖에 없을 것이다. 시인 정호승은 <인간은 외로운 존재이다>라는 시에서 "인간이 외롭다는 사실을 이해하지 못한다면 / 인간의 삶을 이해할 수 없다. / 인간에게 있어 외로움은 / 우리가 매일 먹는 물이나 밥과 같다."라고 표현하기도 했다.

어쨌든 이 시는 '봄 - 여름 - 가을'이라는 계절 속에서 꽃이 피고 지는 모습을 보여준다. 이를 통해 생명을 가진 모든 존재들의 근원적인 외로움을 표현한 작품이다. 계절의 순환 속에서 꽃은 다른 모든 것들로부터, 심지어 다른 꽃들로부터도 떨어져 홀로 피었다가 홀로 진다. 고독하게 태어나 고독하게 살다가 고독하게 죽는 것이다. 새는 이 꽃을 좋아하여 산에서 사는 삶을 택했지만, 꽃은 새로부터도 거리를 두고 있다. 새 역시 고독한 존재인 것이다.

어쩌면 시인은 이 시를 통해 우주에 존재하는 모든 것들의 원리를 말하고 있는 것일지도 모르겠다. 저만치 혼자서 피어 있는 꽃, 갈 봄 여름 없이 피었다 지는 꽃을 통해 영원히 그 무엇인가와 하나가 될 수 없음을, 그것이 자연의 원리임을 말하고 있는 것일지도 모르겠다. 그럼에도 불구하고 시 속의 새가 산에 살기를 선택했듯이, 인간은 근원적으로 고독할 수밖에 없는 자신의 운명을 담담히 수용하고 살아가야 하는 것은 아닐까.

초혼

산산이 부서진 이름이여!
허공중에 헤어진 이름이여!
불러도 주인 없는 이름이여!
부르다가 내가 죽을 이름이여!

심중에 남아 있는 말 한마디는
끝끝내 마저 하지 못하였구나.
사랑하던 그 사람이여!
사랑하던 그 사람이여!

붉은 해는 서산 마루에 걸리었다.
사슴이의 무리도 슬피 운다.
떨어져 나와 앉은 산 위에서
나는 그대의 이름을 부르노라.

설움에 겹도록 부르노라.
설움에 겹도록 부르노라.

부르는 소리는 비껴가지만
하늘과 땅 사이가 너무 넓구나.

선 채로 이 자리에 돌이 되어도
부르다가 내가 죽을 이름이여!
사랑하던 그 사람이여!
사랑하던 그 사람이여!

'초혼(招魂)'은 전통적인 상례(喪禮) 절차 중 하나로서, 죽은 이의 흐트러진 혼을 다시 불러들이는 것이다. 떠난 혼을 불러들여 죽은 사람을 다시 살려 내려는 간절한 소망이 의례화된 것이다. 사람이 죽으면 그와 가까운 사람이 그가 살아 있을 때 입던 옷을 왼손에 들고 지붕이나 마당에서 북쪽을 향해 죽은 이의 이름을 세 번 부른 다음 옷을 지붕 꼭대기에 올리거나 머리맡에 잠시 뒀다가 장례가 끝난 후 태웠다고 한다. 예전엔 이 의식이 끝나야 비로소 곡을 했다고 하니, 이는 '혼을 다시 부른다'는 말뜻과는 달리 죽은 이를 떠나보내기 위한 의식이라고 할 수 있다.

'사랑하던 그 사람'에 대한 애절한 그리움을 '이름이여', '그 사람이여', '부르노라'와 같이 영탄적인 진술을 통해 드러내고 있다. 소월의 다른 시들과 달리 사랑하는 사람을 떠나보낸 상실감이나 절망감을 체념적·수동적 어조가 아니라 다소 격정적이고 적극적으로 표출하고 있다.

산, 해, 사슴

화자는 산 위에 올라가 하늘을 보며 임의 이름을 애타게 부른다. 산 위에서 그 이름을 피나게 외칠 때 서산 마루에는 붉은 노을이 애처롭게 불타고 있으며 사슴 떼조차 슬피 울음을 운다. 화자의 외침은 '떨어져 나가 앉은 산'에서 이루어지는데, 다른 산들로부터 상당한 거리를 두고 홀로 있는 산이라는 느낌이 든다. '붉은 해, 슬피 우는 사슴의 무리, 떨어져 있는 산'은 화자의 슬픔 감정이 투영된 소재인 셈이다.

하늘과 땅 사이

화자는 설움에 겨워 임의 이름을 부르다가 '하늘과 땅 사이가 너무 넓구나.'라고 탄식한다. 아무리 피나게 외쳐도 그 소리는 바람에 흩어질 뿐, 죽은 임이 있는 먼 하늘에까지는 다다를 수 없기 때문이다. 하늘과 땅 사이의 거리는 이승과 저승, 산 자와 죽은 자의 거리다. 사랑하던 임을 애타게 부르는 목소리가 임에게 닿지 못하는 상황이 슬프고 절망스럽다.

요즘은 대부분 병원에서 임종을 맞기 때문에 전통적 상례의 과정인 '초혼'은 거의 사라졌다. 이는 사후(死後)에 영혼과 육체가 분리된다는 사고에 바탕을 둔 의식이다. 죽은 사람이 남자이면 남자가, 여자이면 여자가 이 의식을 진행하며, 《예서》에는 "죽은 사람의 웃옷을 가지고 지붕에 올라가서 왼손으로 옷깃을 잡고, 오른손으로는 허리를 잡고 북쪽을 향해 흔들면서 남자는 관직명이나 자(字)를, 여자는 이름을 부른다."라고 설명되어 있다.

이 시의 5연에는 '망부석 설화'를 모티프로 한 장면이 등장한다. 임과의 거리감을 확인하고도 화자는 그 부름을 그치지 않고 오히려 '선 채로 이 자리에 돌이 되어도' 그 이름을 부르다가 죽을 것이라고 말하고 있다. 집을 나가 돌아오지 않는 남편을 기다리다가 돌이 되어 굳어버렸다는 '망부석 설화'와 오버랩되는 장면이다. 이때 '돌'은 화자의 한이 응어리진 채 굳어버린 일종의 결정체라고 볼 수 있을 것이다. 돌이 되더라도 죽을 때까지 임의 이름을 부르겠다는 화자의 말은, 임의 죽음을 인정할 수 없고 임이 돌아오기만을 바라는 애타는 심정을 그대로 나타내고 있다.

김소월은 누구의 죽음을 겪고 이렇게 격정적이고 강렬한 내용의 시를 썼을까? 이에 대해서는 여러 가지 설이 있다.

어릴 적부터 알고 지냈던 첫사랑이 죽고 나서 그 슬픔을 이기지 못해 쓴 시라고 하는 설도 있고, 여인의 구체적인 이름까지 언급하며 그 여인의 죽음을 안타까워해서 쓴 시라는 설도 있다. 어렸을 적 죽마고우의 죽음을 슬퍼하며 쓴 시라는 의견도 있고, 사랑하던 사람을 잃어버린 조국으로 해석하면서 일제에 저항하는 의식을 담은 시로 보는 해석도 있다. 또는 일본의 관동대지진으로 인해 학살당했던 우리 동포들의 넋을 기리는 시라는 견해도 있었다.

각각의 견해들의 타당성을 논하기 전에, 어떤 하나의 틀을 정해놓고 거기에 끼워 맞춰 시를 해석하는 것은 적절한 방법은 아닌 듯싶다. 시를 정확하게 이해하지 못하는 상황이 생길 수도 있고, 지나치게 확대 해석하게 될 수도 있기 때문이다. 따라서 시 자체의 내용과 표현으로만 이해하고 감상하는 것이 더 나을 수 있을 것이다. 중요한 것은 이 시의 대상인 '임'이 누구인가를 파악하는 것이 아니라, 화자가 절절한 목소리로 내뱉는 애통한 심정을 따라가며 사랑하던 이가 떠나간 저세상으로 보내는 간절한 심정을 읽어내는 것이 아닐까.

합장

나들이. 단 두 몸이라. 밤빛은 배어 와라.
아, 이거 봐, 우거진 나무 아래로 달 들어라.
우리는 말하며 걸었어라. 바람은 부는 대로.

등불 빛에 거리는 해적여라, 희미한 하늬편에
고히 밝은 그림자 아득이고
퍽도 가까인, 풀밭에서 이슬이 번쩍여라.

밤은 막 깊어, 사방은 고요한데,
이마즉, 말도 안 하고, 더 안 가고,
길가에 우두커니. 눈감고 마주 서서.

먼 먼 산. 산 절의 절 종소리. 달빛은 지새어라.

달 들어라 달빛이 비치어라.
해적여라 해작여라(조금씩 들추고 헤치어라).

하늬편 서쪽.

이마즉 '이마적'의 방언. 이제로부터 지나간 얼마 동안의 가까운 때.

합장 🔍

'합장(合掌)'은 흔히 불교의 인사법으로 많이 알고 있을 것이다. 가슴 앞에서 열 손가락을 펴서 손바닥을 합치는 것으로, 승려와 신자 사이의 인사법이자 수행의 자세이기도 하다. 인도에서는 보통 오른손은 신성한 손, 왼손은 부정한 손으로 구분해서 사용하는데, 이런 양손을 합하는 합장은 인간 내면의 신성한 면과 부정한 면을 합일시킨다고 생각한다. 두 손이 만나는 순간 둘이 하나가 되고 움직임과 고요함이 하나가 된다고 하니, 시의 분위기까지 차분해지는 듯하다.

말하며 걸었어라 🔍

두 사람은 밤 나들이 중이다. 말을 하며 걷고 있는 것 같은데, 목적지도 방향도 알 수 없다. 알 수 있는 것은 밤중에 우거진 나무 아래를 지나고 풀밭을 지난다는 것뿐이다. 말하며 걷는다고 할 때 그 중심은 말이다. 하고 싶은 이야기가 있었을 수도 있고, 꼭 묻고 싶은 무언가가 있었을 수도 있다. 그런데 무슨 말을 했는지 알 수 없으니 답답할 찰나, 후행이 너무 자연스레 이어진다.

바람이 부는 데 무슨 이유가 있는가? 아니면 정해진 방향이 있는가? 바람은 그저 불 뿐이다. 이제 '우리'가 말하며 걷는 것도 어떤 의미가 필요하지 않다. 그냥 말하며 걸을 뿐이다.

하늬편 🔍

'하늬'는 서쪽을 가리키는 순우리말이다. '합장'이라는 불교 용어와 마지막 연의 '산절의 종소리', 거기에 '서편'이 함께하니, 이때의 서편은 불교에서 말하는 서방정토, 즉 극락세계로 자연스럽게 연결된다.

　시 어디에서도 두 사람이 연인이라는 직접적인 언급은 없다. 그러니 '우리'를 '수행 중인 두 스님'으로 볼 수도 있을 것 같다. 두 스님이 밤잠을 잊고 주변을 거니는 상황이라고 보아도 전혀 어색하지 않다.

눈 감고 마주 서서 🔍

나들이긴 한데 참 특이하다. 목적지도 불분명하고 열심히 가려고 하는 의지도 보이지 않는다. 그러다 고요한 밤, 둘은 하던 말을 잊고 길가에 우두커니

선다. 밝을 때 보이지 않던 달밤의 고요한 풍경이 너무 아름다웠을까? 아니면 어렴풋이 들리는 먼 산절의 종소리가 가슴을 때렸을까? 하긴 압도적인 자연을 앞에 두거나 꿈꾸던 무언가를 만났을 때 우리는 보통 말을 잃거나 아무것도 할 수 없게 되니 그런 순간이었는지도 모르겠다. 어떻든 고요하게 흐르던 시의 시간은 말도 없이, 움직임도 없이, 순간 정지한다. 한 폭의 수묵화가 완성되는 느낌이다.

이 시는°°°°°°

시 속 인물이 누구로 읽히는가? 소설에서 인물 파악의 중요성은 말할 필요도 없을 것이고, 시로 넘어오더라도 화자에 대한 정보나 등장하는 인물에 대한 정보는 감상의 시작일 수밖에 없다. 그런데 이 시의 주인공들은 모호하다. 낮도 아닌 밤에 나들이를 나가는 사람을 누구로 추측해야 한단 말인가? 그나마 먼저 잡히는 그림은 연인이다. 아름다운 달밤의 풍경에 취해 단둘이 나들이 가기에는 사랑에 흠뻑 취한 연인이 잘 어울리지 않는가?

사랑에 빠진 연인들에게 사람이 많은 곳은 별로 어울리지 않는다. 서로에게 집중하는 것이 방해되기 때문이다. 그런 면에서 밤의 시간은 참 좋다. 서로의 사랑을 속삭이며 걷는 시간. 등불 빛에 비치는 풍경도 아름답고 풀밭에 맺힌 이슬도 아름답다. 이미 이 순간은 어떤 풍경인지가 중요한 문제는 아닐 것이다. 누구와 있는지가 가장 중요하지 않을까? 그렇게 걷다 보니 마을은 더 멀어지고 밤은 더 깊어졌을 것이다. 사방이 고요한 정적(靜寂). 연인에게 이보다 더 좋은 순간이 어디 있단 말인가. 서로 마주 서서 오롯이 상대에게 집중할 수 있는 시간. 순간 절묘하게 먼 먼 산의 절 종소리까지 울려 퍼진다. 이 종소리는 멀고 멀어야만 한다. 그래야 둘의 감정을 깨트리지 않을 테니.

어떤가? 조금은 오글거리는 사랑시로 읽어도 괜찮은가? 한편으로는 조금 다른 생각도 든다. 하필 제목은 '합장'이고, '서편'이나 '절의 종소리'가 그냥 지나치기에는 머리를 툭툭 치는 것 같다. 그러면 두 사람을 스님으로 보는 것은 어떨까?

꼭 두 스님이 아니어도 될 것 같다. 합장을 하기 전에 왼손과 오른손은 따로 노는 둘이다. 그러니 '두 몸'을 왼손과 오른손으로 볼 수도 있을 것 같다. 스님은 수도 생활에 고민이 없을 리 만무하고 오늘따라 유독 잠이 오지 않아 절에서 나와 주변을 거닐 수도 있을 것이다. 혼잣말로 중얼거리며 걷는다. 고민을 해결하기 위해 나온 길인데 목적지가 있을 리 없다. 그저 길 따라 걸을 뿐이다. 그러고 보니 잡념을 떨치기에는 이만한 공간도 없는 것 같다. 그러다 어느 순간 서쪽에서 밝은 그림자가 아득이듯 머릿속을 헤집고 다니던 고민이 탁 풀리는 지점이 왔을 것이다. 신을 믿지 않는 사람은 자신의 능력이라고 생각할 것이고, 스님이라면 부처님의 도우심이라고 생각할 것이다. 고민이 해결된 순간, 이제 주변의 풍경들이 보이지 않을까? 사방은 고요하고 내 마음도 고요해졌으니 무슨 말이 필요하겠는가. 이 감사한 마음으로 부처님께 눈 감고 합장한다. 걷는 내내 떨어져 있던 왼손과 오른손도 이제 하나로 마주 서게 된다. 먼 산 절의 종소리까지 나를 축하해 주는 듯하니 무엇을 더 바랄까.

어떤가? 두 쪽 다 나에게는 괜찮다. 그러고 보니 이제 제대로 된 합장인 것 같다. 사랑하는 연인으로 읽든 수행 생활 중인 스님으로 읽든, 열 손가락을 펴 손바닥을 합쳐도 어긋남이 없는 그런 기분이다.

칠석

저기서 반짝, 별이 총총,
여기서는 반짝, 이슬이 총총,
오며 가면서는 반짝, 반딧불 총총,
강변에는 물이 흘러 그 소리가 돌돌이라.

까막까치 깃 다듬어
바람이 좋으니 솔솔이요,
구름 물속에는 달 떨어져서
그 달이 복판 깨어지니 칠월 칠석 날에도 저녁은 반달이라.

까마귀 까왁, "나는 가오." 까치 쩍쩍 "나도 가오."
"하느님 나라의 은하수에 다리 놓으러 우리 가오. 아니라 작년
에도 울었다오, 신틀 오빠가 울었다오. 금년에도 아니나 울리라
오, 베틀 누나가 울리라오."

"신틀 오빠, 우리 왔소.
베틀 누나, 우리 왔소."

"까마귀 떼 첫 문안하니 그 문안은 반김이요,
까치 떼가 문안하니 그 다음 문안이 잘 있소."라.

"신틀 오빠, 우지 마오."
"베틀 누나, 우지 마오."
"신틀 오빠님 날이 왔소."
"베틀 누나님 날이 왔소."
은하수에 밤중만 다리 되어
베틀 누나 신틀 오빠 만나니 오늘이 칠석이라.

하늘에는 별이 총총, 하늘에는 별이 총총.
강변에서도 물이 흘러 소리조차 돌돌이라.
은하가 연연 잔별 밭에
밟고 가는 자곡자곡 밟히는 별에 꽃이 피니
오늘이 사랑의 칠석이라.

집집마다 불을 다니 그 이름이 촛불이요,

해마다 봄철 돌아드니 그 무덤마다 멧부리요.
달 돋고 별 돋고 해가 돋아
하늘과 땅이 불붙으니 붙는 불이 사랑이라.

가며 오나니 반딧불 깜빡, 땅 위에도 이슬이 깜빡,
하늘에는 별이 깜빡, 하늘에는 별이 깜빡,
은하가 연연 잔별 밭에
돌아서는 자곡자곡 밝히는 별이 숙기지니
오늘이 사랑의 칠석이라.

연연(娟娟) 빛이 엷고 고움.

숙기지니 숙지니(어떤 현상이나 기세 따위가 차아 줄어지니).

칠석   🔍

'칠석(七夕)'은 음력으로 7월 7일을 일컫는다. 이날은 은하수의 양쪽에 있는 견우와 직녀가 1년에 한 번 만난다고 하는 날이다. 실제로 칠석 즈음의 밤하늘에는 견우성(독수리자리의 알타이르)과 직녀성(거문고자리의 베가)이 은하수를 사이에 두고 가깝게 마주한다고 하니, 옛사람들은 밤하늘의 별을 보며 두 사람의 슬픈 사랑 이야기를 떠올렸던 것 같다. 누군가의 사랑 이야기에 귀 기울일 마음의 준비를 하게 하는 제목이다.

까막까치   🔍

'까막까치'는 까마귀와 까치를 아울러 이르는 말이다. 이 둘은 견우직녀 설화에서 중요한 역할을 한다. 소를 끄는 목동인 견우와 천제(天帝)의 손녀이자 베를 짜는 여인인 직녀는 하늘에서 혼인하게 되는데, 너무 사랑한 나머지 게으름에 빠지게 된다. 그러자 천제는 크게 노하여 둘을 은하수를 가운데 두고 떨어져 살게 하고 한해에 한 번 칠월 칠석에만 만나게 했다고 한다. 그런데 은하수를 건널 방법이 없는 둘은 칠석날도 만나지 못해 슬퍼하고 있는데, 보다 못한 까마귀와 까치가 하늘로 올라가 머리를 이어 다리를 놓아주었고 이 다리를 '오작교(烏鵲橋)'라 불렀다. 이 때문에 까마귀와 까치는 모두 머리가 벗겨졌다고 하고, 저녁에 내리는 비는 둘이 만나 흘리는 기쁨의 눈물이며, 이튿날 새벽에 내리는 비는 이별의 눈물이라는 이야기로 전해져 온다. 이 시에 등장하는 까마귀와 까치 역시 다리가 되어 둘을 만나게 해주는 역할을 하는 것으로 보인다. 다만 까마귀와 까치가 말을 걸고 안부를 묻는 등 의인화되어 좀 더 새로운 느낌으로 다가온다.

신틀 오빠 베틀 누나 🔍

제목이나 까막까치를 보면 자연스레 견우나 직녀가 등장해야 할 것 같지만 이 시의 두 주인공은 신틀 오빠와 베틀 누나이다. 베틀 누나는 직녀로 연결하는 데 아무 문제가 없다. 한자로 '직(織)'자가 '베틀 직'이니 직녀나 베틀 누나나 옷감을 만드는 일을 하는 여인이라고 생각하면 될 것이다. 문제는 신틀 오빠인데, 신틀은 미투리나 짚신을 만들 때 신날을 거는 도구이다. 지금으로 말하면 신발을 만드는 일을 하는 남자인데, 소를 끄는 목동인 견우와는 거리가 있어 보인다. 남자는 밖에서 농사일을 하고 여자는 집안일을 하는 농경문화의 특성이 견우와 직녀의 모습으로 전해진 것에 비하면 좀 특이한 인물 설정으로 보인다.

설화는 먼 옛날부터 전해져 내려오는 이야기이기 때문에 지역별로 다른 모습을 보이기도 한다. 실제 소월이 살던 지역에서는 신틀 오빠와 베틀 누나 이야기로 전해져 왔을 수도 있고, 아니면 시인이 새롭게 변형했을 수도 있다. 견우와 직녀보다는 신틀 오빠와 베틀 누나가 직업적으로는 더 잘 어울려 보인다.

> 총총, 깜빡   ○

의성어, 의태어처럼 소리와 의미의 관계가 필연적인 것으로 여겨지는 것들을 '음성상징어'라고 한다. 동시에서는 이러한 음성상징어가 자주 사용되는데, 일반적인 시에서 흔하게 사용하지는 않는다. 사용하는 언어의 수준이 나이를 먹어갈수록 높아져서일 수도 있고, 아니면 너무 유치하다고 느껴져서일 수도 있다. 그런데 이 시를 읽다 보면 음성상징어가 참 경쾌하고 재미있다. 음성상징어를 반복적으로 사용하고 있는데도 유치하거나 동시 같다는 느낌이 들지 않는다.

인간의 삶은 먼 옛날부터 이어져 왔으며 수많은 이야기를 남겨두었다. 이 시의 '견우직녀 설화'처럼.

중국 한나라 때 기록에 남아 있는 이 이야기는 아직도 그 생명력을 잃지 않고 있다. <전당시(全唐詩)>에 '칠석'을 제목으로 한 시가 82수나 될 정도로 당나라 시대에도 널리 사랑받은 이야기였으며, 우리나라에서도 고려 시대나 조선 시대의 많은 작가들이 시문(詩文)의 주제로 사용했다. 오늘날에도 축제, 전시, 뮤지컬 등 다양한 분야에서 끊임없이 재생산되고 있으며, 2016년에는 걸그룹 레드벨벳이 <7월 7일>이라는 노래를 발표하기도 했다.

작가들은 기존의 이야기를 모티프로 작품을 창작할 때 자신만의 생각을 덧붙이기 마련이다. 이 시 역시 견우직녀 설화를 모티프로 삼았지만, 그것과는 다르다. 까마귀와 까치가 오작교를 놓는 행위는 같지만, 더 능동적으로 움직이며 자신들의 이야기를 한다. 주인공도 견우와 직녀가 아니라 신틀 오빠와 베틀 누나로 바뀌었다.

견우와 직녀이든 신틀 오빠와 베틀 누나이든 사랑하는 사이라는 것은 변함이 없다. 그런데 두 사람이 처한 상황을 어떻게 바라보느냐에 따라 그 사랑이 슬프게 해석되기도 하고 아름답게 해석되기도 한다. 1년 중 364일을 못 만나는 상황에 초점을 맞추면 끝없는 고통일 것이고, 사랑하는 사람과 만날 수 있는 하루에 초점을 맞추면 영원한 행복일 테니 말이다.

개인적으로는 이 시의 사랑이 너무 아름답고 부럽다. 3연의 까막까치의 이야기처럼 분명 둘은 많은 시간을 떨어져 있는 듯하다. 작년에도 울었고 올해에도 울었으니 말이다. 은하수 너머로 서로를 바라볼 수밖에 없는 긴 시간들. 하지만 슬퍼 보이지 않는다. 어김없이 칠석날은 돌아올 것이고 까막까치가 인사하는 오늘이 바로 그날일 테니 말이다.

그래서일까? 이 시의 8연은 사랑의 정점을 찍는 듯하다. 1년을 그리워하다 만나는 신틀 오빠와 베틀 누나의 사랑. 집집마다 촛불을 밝히고, 봄의 무덤가에는 멧불(꽃을 의미하는 것 같다)이 가득하고, 달도 별도 해도, 하늘과 땅의 모든 것이 불붙는 이 사랑. 이런 사랑 한 번쯤은 우리 모두에게도 찾아와야 할 것 같은 칠석날이다.

제이·엠·에쓰

평양서 나신 인격의 그 당신님 제이·엠·에쓰
덕 없는 나를 미워하시고
재주 있던 나를 사랑하셨다.
오산 계시던 제이·엠·에쓰
10년 봄 만에 오늘 아침 생각난다.

근년 처음 꿈 없이 자고 일어나며,
얽은 얼굴에 자그만 키와 여윈 몸매는
달은 쇠끝 같은 지조가 튀어날 듯
타듯 하는 눈동자만이 유난히 빛나셨다,
민족을 위하여는 더도 모르시는 열정의 그 임.

소박한 풍채, 인자하신 옛날의 그 모양대로,
그러나 아 – 술과 계집과 이욕에 헝클어져
15년에 허주한 나를
웬일로 그 당신님
맘속으로 찾으시오? 오늘 아침.

아름답다, 큰 사랑은 죽는 법 없어,
기억되어 항상 내 가슴속에 숨어 있어,
미쳐 거츠르는 내 양심을 잠재우리,
내가 괴로운 이 세상 떠날 때까지.

허주한 허깨비 같은, 무심하거나 소홀한.
거츠르는 허망하거나 망령된.

제이·엠·에쓰 　　　　　　　　　　　　　　　　　　 🔍

JMS는 조만식 선생의 이니셜이다. 조만식은 독립운동가로 우리 민족의 무저항 민족주의 운동을 주도했다. 그렇다면 소월은 왜 조만식 선생을 위해 시를 썼을까?

　소월이 오산학교에 다닐 때 조만식은 학교 교장으로 근무하면서 학생들과 함께 생활했다고 한다. 기숙사 사감까지 겸하며 학생과 똑같은 규율을 지키며 생활했다고 하니 소월에게 스승으로서 많은 영향을 주었을 것이다.

오산 계시던 　　　　　　　　　　　　　　　　　　 🔍

'오산'은 오산학교를 말한다. 이 학교는 1907년에 남강 이승훈이 민족 교육을 위해 세운 학교이다. 이승훈은 젊은이들의 민족의식을 높이고 실력을 기르는 것만이 자주독립을 위한 길이라는 생각으로 우리의 말과 글을 가르친다. 그러다 1919년 3·1운동의 여파로 일제의 탄압을 받으면서 학교 건물이 모조리 불타버렸다. 이후 한국전쟁 중에 남쪽으로 학교를 옮겼는데, 소월역시 이 학교의 교육을 통해 민족정신에 눈뜨게 되었을 것이다.

헝클어진 나

3연에서 화자는 술과 계집과 이욕(利慾) 때문에 헝클어졌다고 표현한다. 소월은 1924년 가족들을 이끌고 처가인 구성군으로 이사하면서 새로운 시작을 꿈꾼다. 그곳에서 생계를 유지하려 노력하지만 처세에 서투른 탓인지 결국 실패하고 만다. 그 후 술에 기대 세월을 보내게 되고, 문중에서조차 그를 '불량자'로 낙인찍고 천시했다고 한다. 자신의 모습을 보며 시인은 무슨 생각을 했을까? 그런 마음이 헝클어졌다는 표현으로 나타났을 것이다.

인물 묘사

제목에 특정 인물을 언급했으니 독자들에게는 어떻게든 인물에 대한 정보를 잘 전달하는 것이 중요한 문제일 것이다. 지금에야 좋은 카메라로 잘 찍어 글과 함께 보여주면 쉬운 일이다. 짧은 몇 문장으로 인물의 모습이나 인상을 선명하게 그려내기는 쉽지 않다.

2연을 다시 한번 읽어보고 눈앞에 JMS의 모습을 떠올려 보자. 사진보다 더 선명하게 그려지지 않는가?

여러분은 현재 닮고 싶거나 본받고 싶은 사람이 있는가? 물론 한 사람의 인생은 개인의 몫이니 자신만의 삶을 살아가는 것이 정답이겠지만, 눈앞의 세상은 너무 복잡해 매번 길을 잃어버리기 마련이다. 그럴 때 등대의 불빛처럼 나를 이끌어줄 누군가가 있다면 얼마나 든든할까. 이 시를 보면서 2020년 2월 10일 제92회 아카데미 시상식에서 4관왕을 한 봉준호 감독의 인터뷰가 떠올랐다. 그의 감독상 수상 소감 중 일부를 옮겨본다.

어렸을 때 제가 항상 가슴에 새겼던 말이 있었는데, 영화 공부를 할 때 '가장 개인적인 것이 가장 창의적인 것이다.'라는 말입니다. 그 말을 하셨던 분이 누구였냐면, 여기 마틴 스콜세지 감독이 한 말이었습니다. 제가 학교에서 마틴 영화를 보며 공부했던 사람입니다. 같이 후보로 오른 것만으로도 영광인데 이 상을 받을 줄은 전혀 몰랐습니다.

봉준호 감독이 여러 인터뷰에서 자신의 인생 영화 중 한편으로 마틴 스콜세지 감독의 <성난 황소>를 꼽았던 것을 보면 두 감독이 감독상 후보에 함께 오른 것만으로도 큰 행운이 아닐까 싶다. 소월 역시 이러한 사람이 있지 않았을까? 그리고 그 사람이 절실히 떠오른 순간이 있었던 것 같다.

보통 소월에게 큰 영향을 준 사람으로 셋을 꼽는다. 어린 시절 소월에게 여러 이야기를 들려주던 숙모 계희영, 소월의 재능을 알아보고 문학적 재능을 꽃피우게 해준 시인 김억, 그리고 독립운동가이자 오산학교 교장 선생님이었던 조만식. 그중 조만식 선생에게 이러한 헌시를 쓴 이유가 있지 않을까? 아마 이때의 소월에게는 가장 절실한 사람이 조만식 선생이었던 것 같다. 헝클어진 자신을 바로잡아 줄 사람은 따뜻했던 숙모, 시의 스승 김억도 아닌, 타는 듯한 눈동자로 지조 있는 삶을 살던 조만식 선생이지 않았을까.

　이 시는 1934년 8월 《삼천리》 53호에 발표한 작품이다. 소월은 1927년에 동아일보 지국 운영에 실패하고 농사를 지으며 근근이 생계를 유지하게 된다. 자신의 의지와는 다르게 돌아가는 세상 속에서 많은 시간 속앓이를 할 수밖에 없었을 것이다. 자연히 작품 활동이 뜸해지며 사람들에게서 잊히던 그가 1934년 《삼천리》에 다수의 작품을 발표하면서 다시 왕성한 활동을 시작한다. 이 시가 소월이 다시금 시인으로서 돌아올 수 있는 여러 이유 중 하나이지 않았을까. 비록 그해 12월 안타깝게 세상을 떠났지만 말이다.

상쾌한 아침

무연한 벌 위에 들어다 놓은 듯한 이 집
또는 밤새에 어디서 어떻게 왔는지 알지 못할 이 비.
신개지에도 봄은 와서, 간열픈 빗줄은
둑 가의 아슴푸레한 갯버들 어린 엄도 축이고,
난벌에 파릇한 뉘 집 파밭에도 뿌린다.
뒷 가시나무밭에 깃들인 까치 떼 좋아 지껄이고
개울가에서 오리와 닭이 마주 앉아 깃을 다듬는다.
무연한 이 벌, 심어서 자라는 꽃도 없고 메꽃도 없고
이 비에 장차 이름 모를 들꽃이나 필는지?
장쾌한 바다 물결, 또는 구릉의 미묘한 기복도 없이
다만 되는 대로 되고 있는 대로 있는, 무연한 벌!
그러나 나는 내버리지 않는다, 이 땅이 지금 쓸쓸타고,
나는 생각한다, 다시금, 시원한 빗발이 얼굴에 칠 때,
예서뿐 있을 앞날의, 많은 변전의 후에
이 땅이 우리의 손에서 아름다워질 것을! 아름다워질 것을!

무연(無緣)한 아무 인연이나 연고가 없는.

신개지(新開地) 새로 개간하여 만들어놓은 땅 또는 시가지.

간열픈 가냘픈.

엄 움, 새싹.

난벌 탁 트인 넓은 벌판.

메꽃 산꽃(산에 피는 꽃).

예서뿐 여기에서뿐. 오직 여기에만.

변전 이리저리 변하여 달라짐.

상쾌한 아침을 맞이하는 방법은 사람마다 다르다. 운동으로 하루를 시작해야 하는 사람도 있고, 진하게 내린 커피 한 잔으로 상쾌한 아침을 맞이하는 사람도 있을 것이다. 이 시의 화자가 상쾌한 아침을 맞이한 이유는 두 가지다. 우선 새로 지은 집에서 맞이한 아침이라는 것. 그리고 아무것도 없는 벌판에 아무런 예고도 없이 찾아와 준 봄비 때문이다.

새로 지은 집에서 맞이한 아침이 상쾌한 것은 알 것 같지만, 비 때문에 상쾌한 아침을 맞이한다는 것에는 쉽게 동의할 수 없을 수도 있다. 하지만 이 봄비로 인해서 겨우내 움츠려 있던 생명들이 활기를 얻게 된다. 비록 '간열픈 빗줄'이라 하더라도 이 비로 인해 갯버들의 어린 새싹들과 파릇하게 돋은 파들은 목을 축일 수 있을 것이다. 간만에 내리는 비가 반가운 새들은 깃도 다듬고 노래를 부르며 봄비를 맞이한다. 이 비가 '무연한 벌', '쓸쓸한 이 땅'에 희망을 가져다준다.

무연한 벌

현재 화자가 서서 비를 맞고 있는 곳은 '무연한 벌'이다. 하지만 지금 내리는 이 비가 이름 없는 들꽃을 피어나게 할 것이고, 그 꽃을 찾아 벌과 나비가 날아들 것이고, 그들과 함께 찾아온 씨앗들은 아름드리나무로 자라 숲을 이루게 될 것이다. 지금은 무연한 이 들판이 그 생명들을 키워내는 밑거름이 되리라. 훗날 이 들판은 다양한 생명들의 집과 안식처가 되고, 그래서 더 이상은 무연하지 않은 벌이 될 것이다.

아름다워질 것

화자는 앞날에 대한 많은 변화와 희망을 생각하며 내리는 빗발을 시원하게 맞고 있다. 이 메마른 땅에 생명력이 가득 깃든 그 비가 내리고 있기에 화자는 아름다워질 수 있다는 희망을 가지고 상쾌한 아침을 맞이한다. 그리고 마지막에 화자는 앞날의 많은 변화를 자신들의 손으로 이루어낼 것이라는 다짐을 한다. 이 다짐은 '봄'이라는 계절적 배경과 '아침'이라는 시간적 배경이 절묘하게 겹쳐 보다 깊은 울림을 자아낸다.

무연한 들판. 아무 연고도 없는 이 낯설고 넓은 땅 위에 혼자 서 있다고 상상해 보라. 이 땅을 내 마음대로 할 수 있다는 기쁨도 있겠지만, 이 황폐한 땅 위에서 무엇을 할 수 있을지 막막함이 먼저 엄습할 것이다. 때론 압박감이나 두려움이 느껴질 수도 있다. 이렇게 상쾌할 이유가 전혀 없는 상황에서 이 시는 단번에 분위기를 반전한다.

밤새 어디서 어떻게 왔을지도 모르는 조용한 비. 이 비는 '나'를 위로해 주려는 걸까? 비록 가냘프게 내린 비지만 지상의 존재들에게 그 영향력은 엄청나다. 하긴 장대비가 쏟아진다고 더 좋을 이유는 없다. 굵은 빗방울에 오히려 비를 피해 숨을 곳을 찾지 않았을까? 그러면 이 넓은 벌은 비를 피할 곳 하나 없는 슬픈 장소가 되어버린다. 그러니 가냘픈 비가 제격이다. 따스한 봄에 내리는 가냘픈 비는 우산 없이 맞으며 서 있는 것이 더 운치 있다. 그래서일까? 갯버들의 새싹도, 까치 떼도, 개울가의 오리와 닭도 마냥 신이 나 보인다. 살아 움직이기 시작한다. 가냘픈 비는 더 이상 가냘프지 않다. 끝없는 생명력의 비로 하늘에서 내려오는 것이다.

드디어 '나'에게도 새 희망이 솟기 시작한다. 생명이라고는 찾아볼 수 없을 것만 같았던 이 넓은 들판이 다르게 보이기 시작한다. 다시금 시원한 비는 이 땅을 적실 것이고, 많은 시간이 걸리긴 하겠지만 내버려두지 않겠다는 의지를 불사르고 있다. 하긴 지금 '나'는 시간 제한이 있는 운동 경기를 하는 것이 아니다. 스스로 포기하지 않으면 누구도 이 게임을 끝낼 수는 없는 것 아닌가. 언젠가 이 땅이 아름다워질 것이라는 믿음. 그리고 다른 누구의 손도 아닌 우리의 손으로 바꾸겠다는 마음. 이제 이 들판은 황무지가 아니다. 장쾌한 바다도, 구릉의 미묘한 선의 아름다움도 여기에 비할 수 없다. 화자가 서 있는 이 땅에서 끊임없이 생명이 이어질 것인데 부러워할 것이 어디 있겠는가. 너무나 상쾌한 아침이다.

그래서 소월의 죽음이 더 믿기지 않는지도 모르겠다. 이 시가 발표된 때가 1934년 11월인데, 이는 소월이 죽기 한 달 전이다. 아직도 죽음의 원인은 밝혀지지 않고 이런저런 이야기들이 많지만, 결코 자살은 아니지 않았을까. 아니 아니었으면 좋겠다. 이런 희망찬 시를 발표한 그가 아닌가.

삼수갑산

– 차안서선생삼수갑산운

삼수갑산 내 왜 왔노 삼수갑산이 어디뇨
오고 나니 기험타 아아 물도 많고 산첩첩이라 아하하

내 고향을 도로 가자 내 고향을 내 못 가네
삼수갑산 멀더라 아아 촉도지란이 예로구나 아하하

삼수갑산이 어디뇨 내가 오고 내 못 가네
불귀로다 내 고향아 새더라면 떠가리라 아하하

임 계신 곳 내 고향을 내 못 가네 왜 못 가네
오다가다 야속타 아아 삼수갑산이 날 가두었네 아하하

내 고향을 가고지고 오호 삼수갑산 날 가두었네
불귀로다 내 몸이야 아아 삼수갑산 못 벗어난다 아하하

기험타 기이하고 험하다.

촉도지란(蜀道之難) 촉나라로 가는 길의 어려움.

불귀(不歸) 돌아갈 수 없음.

삼수갑산 (김억)

삼수갑산 보고지고 삼수갑산 어듸메냐

삼수갑산 아득타 아하 산은 첩첩 흰구름만 쌓인 곳

삼수갑산 가고지고 삼수갑산 내 못 가네

삼수갑산 길 멀다 아하 배로 사흘 물로 사흘 길 멀다

삼수갑산 어듸메냐, 삼수갑산 내 못 가네

불귀불귀 이내 맘 아하 새드라면 날아날아 가련만

삼수갑산 내 고향을 내 못 가네, 내 못 가네,

오락가락 무심타 아하 삼수갑산 그립다고 가는 꿈

삼수갑산 먼 먼 길을 가고지고 내 못 가네

불귀불귀 이내 맘 아하 삼수갑산 내 못 가는 이 심사

차안서선생삼수갑산운 🔍

제목이 길지만 끊어 보면 될 일이다. '차······운'은 한시를 짓는 방식의 하나로 원래 운을 따라 시를 지은 것을 말한다. 그러니 안서 선생(김억)의 시 <삼수갑산>의 운을 따라 지었다는 뜻이다.

삼수갑산은 함경남도의 삼수군과 갑산군을 합쳐 부르는 것으로 '험하고 추운 산골'이나 '유배지'의 의미로 사용된다. 한번 가면 쉽게 돌아올 수 없는 곳 정도로 생각하면 될 것이다. '삼수갑산에 가는 한이 있더라도 할 말은 한다.'라는 속담까지 있을 정도이니 그 당시에도 통용되던 의미였을 것이다.

김억과 소월의 <삼수갑산> 🔍

김억이 시 <삼수갑산>을 1934년 8월에 발표하자 이를 본 소월이 스승에게 이 시를 담은 편지를 보냈다. 같은 소재를 가지고 시인들이 주고받는 시를 보는 것도 새로운 경험이라 생각하여 김억의 시를 같이 실었다. 두 시를 비교해 보면 재미있는 지점들이 보인다. 두 시 모두 '새라면 갈 수 있다'라는 표현을 사용하여 현재의 '나'는 고향에 갈 수 없음을 드러내었다. 그러니 답답하고 슬픈 정서는 비슷하게 나타나게 된다.

반면 소월은 삼수갑산의 의미를 재치 있게 비틀고 있다. 김억에게 삼수갑산은 보고 싶은 곳이고 가고 싶은 곳이니 곧 고향과 대응된다. 하지만 소월은 이미 삼수갑산에 와 있다. 그리고 고향에 가고 싶은 '나'를 삼수갑산이 가두고 있다. 한 사람에게는 고향인 곳이 한 사람에게는 고향으로 가는 것을 막는 공간이 되는 셈이다.

> ## 내가 오고 내 못 가네

이 구절이 참 슬프다. 고향에 못 가는 마음이야 당연히 슬플 것이다. 시에서도 '임 계신 곳'으로 표현되어 있으니 더욱 슬플 수밖에. 다만 그 원인을 어디에서 찾느냐에 따라 슬픔의 크기는 다를 수밖에 없다. 타의에 의해 갈 수 없다면 조금은 낫다. 그 원인을 미워하면 되니까. 그러나 이 구절처럼 삼수갑산에 내 발로 들어와서 갈 수가 없으니 문제는 내 선택이 된다. 그러면 내가 미워질 수밖에 없다. 1926년 식솔들을 모두 이끌고 새로운 시작을 다짐하며 구성군으로 들어가는 소월의 모습이 겹치는 듯하다.

삼수갑산 못 벗어난다 🔍

소월은 시집 《진달래꽃》이 큰 주목을 받지 못해 실의에 빠졌고, 할아버지의 광산 일을 돕다 처가가 있는 구성군으로 이사하여 새로운 시작을 꿈꾼다. 그러나 운영하던 동아일보 지국이 망하면서 경제적으로 어려움을 겪는다. 이때 소월은 무슨 생각을 했을까? 자신의 처지가 삼수갑산에 갇혀 아무 곳도 갈 수 없다고 느끼지 않았을까.

1934년 11월 《신인문학》에 이 시를 발표하고 나서 얼마 뒤 소월은 사망하고 만다. 생의 마지막 시기 소월의 심정을 조금이나마 엿볼 수 있는 시가 아닐까 싶다.

'삼수갑산에 가는 한이 있더라도'라는 표현이 있다. 어떤 어려움이 있더라도 그 일을 꼭 해야겠다거나 굳은 각오로 어떤 일을 시작하려고 할 때 쓰는 표현이다. 삼수갑산이 도대체 어떤 곳이기에 이런 표현까지 생겨났을까? 지리적으로 백두산이나 개마고원과 가까운 곳에 자리한 곳인데, 꽤 험한 길을 지나야 갈 수 있는 곳일 것 같다.

그렇다면 시인 김소월에게 삼수갑산은 어떤 이미지를 갖는 공간이었을까? 그 당시의 상황이 얼마나 절망적이었기에 죽기 직전에 스승에게 보낸 편지 속에서 삼수갑산이 자신을 가두어 고향으로 돌아가는 길이 전혀 보이지 않는다고 말했던 것일까?

알려진 바에 의하면 소월은 말년에 경제적인 어려움이 컸다고 한다. 시를 쓰고 문학을 이야기하기 위해서는 돈이 필요했을 텐데, 경제적인 이유로 더 이상 시를 쓸 수도 독서를 할 수도 없을 정도로 심신이 모두 피폐한 모양이었나 보다.

여기서 이 시와 관련해서 한 가지 주목해 보고 싶은 점은 '내가 오고 내 못 가네'라는 구절이다. 내가 원해서 왔지만 정작 나는 다시 돌아갈 수가 없다는 것인데, 차라리 여기로 오지 않았으면 하는 후회를 하고 있는 것이다. 그는 무엇을 동경했다가 무엇에 좌절을 했던 것일까?

174

소월이 살던 시기인 1920~30년대는 일제강점기라는 특수한 상황 아래 '근대화'라는 새로운 문명이 도래하던 시기다. 당시는 이 근대화라는 거대한 문명이 모든 면에서 전통이라는 가치를 잠식하고 있었다. 그 당시 많은 지식인들이 근대라는 문명을 동경했고 소월 역시도 그에 발맞추려고 했던 것이 아니었을까? 그리고 당시 많은 식민지 지식인들이 그리했던 것처럼 그 거대한 힘 앞에서 어쩔 수 없는 좌절과 시련을 겪었으리라. 어쩌면 차라리 예전에 자신을 인정해 주던 세계, 안식과 평화가 있고 자신이 그토록 그리워한 임이 있는 세계로 돌아가고 싶었지만 삼수갑산이 그를 막고 있었던 것일지도 모르겠다.

　'세기는 저를 버리고 혼자 앞서서 달아난 것 같사옵니다.' 소월이 자신의 스승에게 보낸 편지 속의 한 구절이다. 경제적 궁핍과 함께 근대화라는 거대한 문명에 압도된 채 고향으로도 그리웠던 옛날로도 돌아갈 수 없다는 절망감에 안절부절못하고 쓸쓸히 생을 마감한 그의 모습이 애처롭게만 느껴진다.

김소월을 읽다

민족의 정서를 담아낸 노래 같은 시

1판 1쇄 발행일 2020년 4월 27일
1판 4쇄 발행일 2024년 4월 8일

지은이 전국국어교사모임

발행인 김학원
발행처 (주)휴머니스트출판그룹
출판등록 제313-2007-000007호(2007년 1월 5일)
주소 (03991) 서울시 마포구 동교로23길 76(연남동)
전화 02-335-4422 **팩스** 02-334-3427
저자·독자 서비스 humanist@humanistbooks.com
홈페이지 www.humanistbooks.com
유튜브 youtube.com/user/humanistma **포스트** post.naver.com/hmcv
페이스북 facebook.com/hmcv2001 **인스타그램** @humanist_insta
편집책임 문성환 **편집** 윤무재 **디자인** 유주현
용지 화인페이퍼 **인쇄** 청아디앤피 **제본** 민성사

ⓒ 전국국어교사모임, 2020
ISBN 979-11-6080-388-4 43810